a

庫

妄執の恋

水月青

イースト・プレス

contents

第一章

「エリアス、今日も遅刻か」

エリアス・オスカリウスは、扉を開けると同時にかけられた声にぴたりと足を止めた。

勤務先である騎士団本部に着いたのは、勤務開始時間を少し過ぎた頃だった。いつものことなので特に急ぐこともせず歩いて来たのが悪かったらしい。その声には心なしか怒りが込められていた。

「お前は……もう少し走るとか早歩きをするとか、そういう努力をしてみせろ。そうすれば見逃してやらないこともないんだぞ。お前の態度はふてぶてし過ぎてこっちも対応に困るだろうが」

そう言ってエリアスの前に立ちはだかっていたのは、呆れ顔の上司だった。

「すみません。困っているお年寄りがいたので、荷物を運んであげていました」

エリアスはぺこりと頭を下げ、上司であるヒュー・グレイヴスに遅刻の理由を告げた。

「そうか……」

低く呟くような声に顔を上げると、ヒューが目を細めてエリアスを見下ろしていた。濃い青色の瞳に褐色《かっしょく》の髪、男らしく整った顔には柔和《にゅうわ》な笑みを浮かべているが、背が高く体格が良い分威圧感がある。エリアスもヒューと同じ青い目をしているが、もう少し薄い色で、髪の毛は銀色。体格もヒューに比べると小さい。

エリアスは、笑顔のまま冷ややかな眼差しを向けてくる上司から逃れるために、では、と一礼して控え室に向かおうとした。だが、すかさず頭を片手でがっちりと摑まれて、逃亡は失敗に終わる。

「それは五日前の遅刻理由だったな」

ヒューの手はエリアスの頭頂部に置かれているので、周りからは頭を撫《な》でられているように見えるだろう。しかし、指先でぎりぎりと締め上げられているので地味に痛い。

「そうですか。じゃあ、妊婦が苦しんでいたので……」

「じゃあ、って何だよ！　それにそれは一週間前に聞いた。お前は臨月《りんげつ》の妊婦との遭遇率が異様に高いんだなぁ？」

「はい。不思議なことに」

エリアスは悪びれることなく答える。ヒューは大きく溜め息を吐いてがっくりと項垂れた。彼の動きに合わせて、見た目よりもずっと柔らかな褐色の髪が揺れるのを、エリアスはぼんやりと見つめる。

「もういい。行け。明日は遅刻するんじゃないぞ」

頭を摑んでいた手が放され、疲れたようにひらひらと振られる。エリアスはそれに小さく頷き、隊服に着替えるために控え室へと向かった。

ヒュー・グレイヴスは、騎士団長補佐という役職につく優秀な男だ。まだ二十代前半という若さなのに、剣の腕だけでその地位まで上り詰めた実力者である。

そんなヒューが隊長を務めるのは、変わり者ばかりが集まる、騎士団一個性的な隊だった。扱いづらい人間はヒューに押しつけよう、という困った騎士団長のせいで、そんな変人だらけの隊になってしまっているらしい。

ヒューの隊は通称『何でも屋』と呼ばれている。その名のとおり、騎士団本部のトイレ掃除から事件発生時の野次馬の整理や現場の片付けまで何でもやらされる。面倒くさい人間だけでなく、気乗りしない仕事までヒューに押しつけられるのだ。

そして、人は増え、仕事も増え、それを総括する立場のヒューの負担もどんどん増えていくのである。

そんな貧乏くじばかり引くヒューとの付き合いはもう三年になる。エリアスは騎士団入団後すぐに彼の隊に入れられて、先ほどのような会話も三年間毎朝のように繰り返していた。

この国では、爵位のあるものが必ず国の中枢に関わっているわけではない。もちろん、権力を得たくて官僚になる貴族はいる。しかし、国王が実力主義であるため、貴族だからといって特別有利になるわけではない。貴族も商いをするし、平民も議員をつとめるし、職業の選択は自由なのである。

エリアスの父親は、侯爵でありながら様々な事業を展開している。嫡男であるエリアスがその事業を継がずこの騎士団に入ったのは、とある事情があったからだ。

ヒューはエリアスのその複雑な事情を知っているので、エリアスに甘い。彼がたまに気遣うような視線を向けてくるのは心配をしてくれているからだと思う。だから遅刻をしても大目に見てくれるのだ。

ヒューには感謝をしている。彼のおかげで救われている部分が多々あった。兄がいたらこんな感じなのかもしれない。

そんなことを考え、遅刻をしておきながらも慌てることなくのんびりと着替えをして本部に戻ると、なぜか部屋中にどんよりとした空気が漂っていた。

騎士団は男だらけなので、いつも遠慮のない猥談《わいだん》が飛び交っている。特に朝のこの時間は団員がそろっているため、みんなで卑猥《ひわい》な話をして盛り上がっていることが多いのだが、今日はそんな雰囲気は一切なかった。

不思議に思い、ひそひそと話をしている隊員たちに近づくと、彼らは一枚の紙を覗き込み眉を顰《ひそ》めていた。

「恋人をとられそうになったから殺したって言ってるらしいぜ」

「本当に恋敵だったとしても殺したりはしないだろう、普通」

「それに実際は、殺された被害者は道を聞いただけらしいんだよ」

彼らの会話から察するに、何か事件があったらしい。

「おい、エリアス。これ見ろよ」

隊の中では一番年の近いルイ・インサーナが、話題の中心になっているらしい紙を持って近づいて来た。隊で回覧している報告書だ。

エリアスは差し出されたそれを受け取り、視線を落とす。

そこには、花売りの女が隣町から観光に来た女性を刺し殺した、という報告が書かれていた。しかもその理由が、『恋人に色目を使ったから』だと言う。

加害者の恋人の供述と目撃情報から、実際には、被害者はただ道を尋ねただけだったらしい。それを女が勘違いをして刺してしまったそうだ。勘違いで殺されてしまった被害者は気の毒過ぎる。

不穏な事件にエリアスが眉を寄せていると、ルイが横から補足をしてきた。

「捕まえた女の供述では、『恋人と目を合わせ、話し、媚《こ》びるように笑った。あの女は自分から恋人を奪おうとしていた。だから殺した』ってことらしいよ〜。思い込みって怖いよな〜」

恋人を奪おうとしたのか。それなら殺したくなっても仕方がな……

そこでエリアスは思考を中断する。

殺したくなっても仕方がない？　そんなわけがあるか。

慌てて今の思考を訂正し、騎士団としての正義の在り方を思い返す。

どんな理由があっても、人を傷つけるのはいけないことだ。たとえ恋人がとられそうであっても……。

そこまで考えた直後、突然、くらりと眩暈《めまい》がした。

体がふらつきそうになるのを堪え、エリアスはきつく目を瞑《つむ》る。すると瞼《まぶた》の裏に、何かの映像が断片的に浮かび上がった。


床に転がる丸い塊《かたまり》。

灯りを反射して鈍く光る剣。

汚れた両手。

砕けたガラス。

震える小さな体。

赤に染まっていく白いシーツ。

白い肌。

微かに香る甘い匂い。

「――――――」

汚物が何か言った。声さえも醜い。

続いた汚物の言葉に、俺は瞠目《どうもく》する。

――ああ、そうか。

すべてを理解した。

あいつが俺たちの邪魔をしているのか。

いつもいつも邪魔をしやがって――。

「……絶対に、許さない」


「……アス。おい、エリアス……大丈夫か？」

ふいに耳に届いたヒューの声で、不明瞭な幻影が瞬時に掻《か》き消えた。

目を開けると、ヒューが大きな体躯を屈めてエリアスの顔を覗き込んでいた。その目は心配そうに細められている。

エリアスは何度か瞬きを繰り返してから、ゆっくりと頷いた。

「……はい」

「本当か？　顔が真っ青だぞ」

熱を測るようにヒューはエリアスの額に手を当てる。その温かい人肌の感触が、先ほどの白い肌を思い出させた。

……今のは、何だ?

小刻みに震える指をぐっと握り込み、動揺をなんとか収めようと静かに息を吐き出した。

あれは誰だった?

あの強い衝動は何だったんだ?

俺は……誰に剣を向けた?

誰に対して『許さない』と思った?

――駄目だ。分からない。

「気分が悪いなら、医務室に行くか?」

考え事で返事が遅れたせいで、具合が悪いのだと思われたらしい。エリアスは大丈夫だとくり返した。

「問題ありません。ちょっと頭がぼうっとしただけです」

「そうか?　何かあったら言えよ?」

「はい」

心配そうなヒューの言葉に、エリアスは素直に頷く。

エリアスのとある事情の一つはこれである。エリアスは三年前までの記憶がない。事故の後遺症らしいが、今もこうして頭がぼんやりすることがたまにある。

自分自身のことが分からないのは、ひどく不安で心もとないものだ。

事故以前からの知り合いらしいヒューは、記憶を失くして不安定だった時期のエリアスを知っている。その時期、エリアスはヒューに剣の稽古《けいこ》をつけてもらっていた。不安を振り払おうと没頭したおかげで、剣の腕を磨くことができ、今ではヒューに次ぐ剣の使い手と言われている。元々素質があったのだろうが、短期間で一気に強くなったエリアスに、教えていたヒューのほうが驚いていた。

「本当に大丈夫か〜？　この報告書の内容が恐ろしかったか？」

エリアスとヒューのやり取りを黙って見ていたルイが、エリアスの手から報告書を取り上げる。その声にからかいの意図はなさそうで、純粋にエリアスを心配してくれているらしいことが分かる。

ふわふわと風に揺れる赤い癖毛が特徴のルイ・インサーナは、外見も中身も軽い印象を与える。常に笑みを浮かべているような濃茶色の垂れ目と、着崩した隊服、間延びした口調がそう思わせるのかもしれない。

そして実際にお調子者だ。しかしその性質を利用して、諜報活動を担当している。見かけによらず有能な男だ。

「そりゃ気分がいいものではないだろう。人が人を殺したんだからな。しかも、勘違いで」

　ヒューはちらりと報告書に目をやり、小さく溜め息を吐いてから、エリアスの代わりにルイに答えた。

　許されることではないが、しかし……と、ヒューは沈痛な面持ちで続ける。

「人は恋をするとどこかおかしくなるのかもしれないな。……けど、恋敵を殺したからといって想い人が自分だけのものになるわけではない。残るのはきっと……後悔だけだろうに」

　まるで自分がおかしくなった経験があるかのような言い方だが、ヒューが今までそのような状態になったというのは聞いたことがないので、彼の知り合いにそういう経験をした人物がいるのかもしれない。彼は長く騎士団に勤めている分、不条理な殺しや諍《いさか》いを数え切れないほど見てきているのだ。

「その加害者は、人を殺して頭がおかしくなっているんですよ。普通の人間であれば良心の呵責《かしゃく》に耐えられませんからね。それにもしかしたら、最近また出回り始めた違法薬物の常習者かもしれません」

　自称『ヒュー隊長の補佐役』のクリスが割って入ってきた。

　きっちりと七三分けにした金髪、きりりとした太い眉、相手を真っ直ぐに見つめる碧の瞳、直立不動の姿勢。真面目がそのまま容姿にも表れているのがクリス・リューベックという男である。

「この話はこれで終わりにして、早く仕事に取り掛かりましょう。今日は、騎士団管轄の施設の内偵《ないてい》と街の見回りでしたね。まったく、団長はこの隊には面倒くさい仕事ばかり押しつけてくるんだから……」

クリスは最後に愚痴《ぐち》を零してから、話は終わりだとばかりにぱんぱんと大きく手を叩き、噂話に花を咲かせている隊員たちに仕事へ向かうように告げた。

彼はこの隊のまとめ役であるため、隊員たちは文句を言うことなく持ち場へと散って行く。

「みんなどっちかって言うと、ヒュー隊長よりクリスの言うことを素直に聞くよな～」

あはは～と明るい笑い声を上げ、ルイは上司に向かって軽口を叩いた。

「隊長が無能なわけではない。私が有能過ぎるのだ」

その自信はどこからくるのか。

クリスは真面目で働き者だが、思い込みが激しくて正直過ぎるのが玉に瑕《きず》だと思う。

「うわ～、その通り過ぎて何も言えねぇ。あ、大丈夫ですよ。ヒュー隊長も有能ですから」

取り繕うようにルイが言うが、ヒューは拗《す》ねたように口を尖《とが》らせてそっぽを向いた。

「いいさいいさ。お前らが俺のことをどう思っているのかは分かってる」

「大男が拗ねても全然可愛くないですよ。あ、そういえば、彼女とはどうなったんですか？　確か……酒場で働いてるマリーちゃん！」

「昨日フラれたよ！」

傷口を抉るな！　とヒューが呻《うめ》く。

彼から『フラれた』という言葉を聞くのは、もう何度目だろうか。ヒューの中の流行語なのではないかと疑いたくなるほど聞いたので、いい加減聞き飽きてしまった。

エリアスと同じことを思ったのか、クリスとルイも気の毒そうな様子など微塵《みじん》も見せない。

「またですか。これで何人目ですか？」

「ヒュー隊長は割とモテるけど、すぐにフラれるからな～」

「部下が俺を敬わない……」

部下の無情な言葉に、ヒューが涙声で呟いた。

実力で騎士団長補佐に上り詰めたヒューを尊敬する人間は多い。しかしこの三人は、ヒューのことをあまり上司扱いしていなかった。上下関係に厳しい騎士団においてこんなことはまず許されない。もちろん他の隊ではあり得ないが、この隊はそういう意味でも変わった隊だった。

今日も、傷心のヒューを無視して三人は話に花を咲かせ始める。

「エリアスはどうなんだ？　好きな娘とかいないのか～？」

「興味ない」

「美人系、可愛い系、小動物系のどれならいいんだ～？」

「みんな同じに見えるから、どれでもない」

「やりたい盛りのはずなのに冷めてるよな～、エリアスは。お前みたいなやつはさ、恋をすると人が変わるんだよな～」

ルイはエリアスの素っ気無い返事に肩を竦《すく》め、今度は矛先をクリスに向けた。

「あと、クリスみたいなクソ真面目なやつも彼女色に染まっちゃうタイプだよな～」

からかうように言って、ルイがクリスの肩に手を回す。それを冷たく振り払いながら、クリスはさらりと返す。

「私は恋をしても何も変わらないぞ」

その内容に、ルイは目を丸くする。

「え？　まさか……クリス、彼女いるのか？」

「いる」

あっさりと頷くクリスに、ルイは更に大きく目を見開く。

「……知らなかった」

その顔は、情報収集を得意とする自分が、クリスに彼女がいることを知らなかったという驚きなのか。それとも、自分よりもよっぽど女心に疎《うと》いクリスに彼女がいたという事実にショックを受けているのか、どちらだろうか。

「今はとにかく仕事を頑張れ。そうすれば結果がついてくる」

落ち込んでいるルイに短く言葉をかけると、クリスは扉へと足を向けた。エリアスは欠伸《あくび》をしながらクリスの後に続く。ルイもとぼとぼとした足取りでついて来た。

その直後、

「おい、お前ら」

ヒューが三人を呼び止めた。振り返ると、拗ねていたはずのヒューが上司の顔になっていた。三人は姿勢を改め、表情を引き締める。

「明日から視察に行くことを忘れるなよ。アレの調査だ。朝早くに出発するからな」

アレとは国外から入ってくる違法薬物のことだ。三年前を境にぴたりと出回らなくなり、元締めも捕まえられないまま現在に至っている。しかしつい最近になって、ネノスの町で大量に出回っているという情報をエリアスが摑み、調査することが決まった。密輸の黒幕との繋がりが明らかにできるのではと期待している。

この件に関しては、現在は少人数で慎重に捜査を進めているため、今回はここにいる四人だけで調査場所へ向かうことになっていた。

クリスとルイとエリアスは三者三様の返事をする。

「私が仕事を忘れるわけないでしょう」

「あ、忘れてた。可愛い娘いるかな～？」

「……もちろん」

ヒューは、三人の返事に今日で何度目かの小さな溜め息を吐いた。しかしすぐに真剣な表情に戻りエリアスに目線を向ける。

「本当に、いいんだな？」

念を押され、エリアスは真っ直ぐにヒューを見返した。

「はい」

もう後には引けない、とエリアスは改めて気を引き締めた。

この調査がうまくいき、計画どおりに事が進めば、エリアスは自分を縛っているものから解放されるのだ。

早く自由になりたい。

強く、そう望んでいた。

❀　❀　❀

同時刻。

薄暗い書斎の中、成人男性が二人は座れそうな大きな特注の椅子に腰掛けた男――オスカリウス侯爵は、使用人が紅茶を置いて部屋を出て行くのを待ってから、机の上に書類を投げた。

「どういうことだ？　ダネル」

低い声で問いかけ、扉付近に立つ、この家の執事であり自分の側近でもある壮年の男をねめつける。

「エリアス様が騎士団に入り三年経ちました。そろそろ本格的に後継者教育に取り掛かる頃合かと存じます」

ダネルは恭しく進言した。

「騎士団を辞めさせるということか」

「はい。団長補佐のヒュー・グレイヴスを通じて、必要な人脈は広がりました。これからはそれを家業のために生かしていただきましょう」

「あいつはおとなしく跡を継ぐと思うか？」

「おそらく心配はないと思います。三年前と違って今のエリアス様は何事にも無関心です。今も、旦那様の言うことを素直に聞いておられますし、騎士団にも執着していません。旦那様のご命令どおりに騎士団の機密情報を流してくるのが良い証拠です。以前の状態に戻られなければ、感情に流されることもない優秀な跡継ぎになるでしょう」

ダネルの言うとおりではあるだろう。けれどももしエリアスが以前の状態に戻ったとしたら、反抗してくることは間違いない。そうなると非常に厄介だった。

侯爵はとんとんと指で机を叩きながら考え込み、そしてふと思い出した。

「アレはどうしている?」

『アレ』という単語だけで理解したらしく、ダネルは頷く。

「監視下に置いております。今のところエリアス様と接触する可能性もございません」

「そうか……。しかし、もしもの時には使えるな」

「はい。そのために生かしているのですから。もし以前のエリアス様に戻ってしまわれても、アレを盾にすれば逆らうことはないでしょう」

ダネルの答えに満足し、侯爵はにやりと笑った。

「では、その下準備を進めておけ」

「仰せのままに」

主の命に、ダネルは仰々しく一礼した。腰を折った状態のまま言葉を継ぐ。

「私のすべてはオスカリウス侯爵家に捧げております。侯爵家の繁栄のためなら何でもいたしましょう」

ダネルの言葉に嘘偽りがないことを知っているオスカリウス侯爵は、その言葉に満足そうに頷き、まだ湯気《ゆげ》が立つお気に入りの紅茶を悠然と啜《すす》った。

第二章

街の中心部から少し離れた、古い家が立ち並ぶ一角。

ごみごみとした建物の隙間に、何かに取り残されたようにぽかりと小さな空き地が広がっていた。

視線を彷徨《さまよ》わせると、すぐ近くにこぢんまりとした古い建物が見える。

そこから、子供たちの楽しそうな声が聞こえてきた。孤児院だ。

——夢か。

子供特有の甲高い笑い声を聞きながら、エリアスはぼんやりとそう思う。

なぜなら、その孤児院は三年前に焼失してしまっているからだ。かつて孤児院があった場所は、現在は更地《さらち》となっている。

——夢の中とはいえ、俺はなぜここにいるんだろう?

このまま立ち尽くしていても仕方がないな、とエリアスは空き地の出口へと足を向けた。

すると、今まで人影がなかったはずのそこに誰かが立っているのに気がついた。

空き地を囲むように立ち並ぶ木々のうちの一本、不思議と懐かしい大きな木の下でその人物はこちらを見つめている。

離れた場所からでも、その人物が少女だということは分かる。そして彼女が誰かというのも知っていた。けれど……。

「…………」

名前を呼ぼうとするのに、声が出ない。

もどかしい気持ちで足早に近づいて行くと、彼女を取り囲むように二人の男が出現した。男たちが彼女に何かを言った。すると彼女は笑顔で頷く。その後、一人の男の手が彼女の肩に回された。

——触れるな。

ぞわりと全身の毛が逆立った。どこから溢れ出したのか、殺意にも似た憎悪がエリアスの視界を黒く染める。

気づいた時には、エリアスは男の目の前にいて、その腕を捻り上げていた。痛みで歪む男の顔をじっと見ながら、無言で力を込める。

次の瞬間、ボキッ……！　と鈍い音がした。骨が折れたのだろう。

次いで耳をつんざくような悲鳴が上がり、エリアスを制止しようとしているのか、誰かが腕に縋《すが》りついてくる。

駄目だ。許せない。

俺の大事な宝物に触れた。

俺以外の男が彼女に触れるのは絶対に許さない。

これは当然の報いだ。

だって、俺の大事な——に触れたんだ。許せるわけがないだろう？

だからそんな顔をしないでくれ——。


翌日の早朝。

夢見が悪く、日が昇る前に目を覚ましたエリアスは、庭で剣を振り、気をまぎらわしてから食堂へと向かった。

焼きたてのパンの美味しそうな匂いが漏れる扉を開けると、そこには先客がいた。この屋敷の主人でありエリアスの父親であるオスカリウス侯爵だ。たまたま朝食の時間が一緒になったらしい。いつも父親はもっと早い時間に朝食を済ませる。それなのに今日はどうしたのだろうと怪訝に思いながらも、エリアスは朝の挨拶《あいさつ》をしながら席に着いた。

カチャカチャと食器がなる音ばかりが食堂に響く。エリアスは自ら話すほうではないし、父親も用事がなければ話しかけてこないため、挨拶の後は食事が終わるまで沈黙が続くのが常だった。

しかし今朝は珍しく、父親が会話の口火を切った。

「エリアス、今月いっぱいで騎士団を辞めろ。来月からは家業に専念してもらう。跡継ぎとして覚えてもらうことが多いからな。それと、ダネルが選んだ候補の中から私がお前の婚約者を選んでおく」

食後の紅茶を飲みながら、今日の天気の話でもするかのように、父親は一方的にエリアスの将来を告げた。命令するような物言いはいつものことなので、エリアスは素直に頷く。

「はい」

その返事に満足したのか、父親は用は済んだとばかりに食堂を出て行った。

その後ろ姿をぼんやりと見つめていたエリアスは、今日からしばらく屋敷に帰らないのを告げ忘れたことに気がついた。しかしすぐに、使用人の誰かにでも言っておけばいいかと思い直す。

エリアスが屋敷に帰らなくても、父が心配することはない。彼はエリアスに関心がないのだ。自分の命令をおとなしく聞く息子であれば、それだけで満足なのである。

――騎士団を辞めろ。

紅茶を飲みながら、ゆっくりと目を瞑る。

相変わらず身勝手なことを言う。息子を道具としか思っていない。

「家業に専念……」

呟いてから、エリアスは大きく欠伸をした。

父親が期限とした来月まではまだ時間がある。それまではこの恵まれた生活を満喫しておこう。アレが片付いた時には、エリアスが今の立場でいられる保証はないのだから。

エリアスはゆったりとした足取りで部屋から荷物を取ってくると、近くにいた使用人に声をかける。

「仕事で数日留守にする」

すると、黒髪の侍女は恭しく一礼し、いってらっしゃいませ、と淡々と口にした。

素っ気無い態度ではあるが、この屋敷では誰もがこんな感じだ。必要以上に近づいては来ないし、使用人同士で無駄話をしているのも聞いたことがない。主が素っ気無いと使用人たちも同じような雰囲気になるのだろうか。一度、父親が懇意《こんい》にしているグラーニン子爵の屋敷に連れて行かれた時には、みんな笑顔で明るい雰囲気だったのに。

オスカリウス侯爵邸の中でも、今声をかけた彼女は群を抜いて無表情だ。子供ができて辞めてしまった使用人の代わりに数年前に屋敷に雇われたこの使用人は、名をシェリーというう。

彼女は他の使用人よりも美味い紅茶を淹れることができるらしく、紅茶好きの父親がいたく気に入っていた。父親が仕事の合間に何度も彼女を呼ぶため、他人に関心のないエリアスも名前を覚えてしまったのだ。

　仕事の話をしている場に呼ぶほどの執心ぶりから、彼女はもしかしたら彼の愛人なのかもしれない、とエリアスは思っていた。けれど父親の愛人事情など興味はないので、それに口出しする気はない。

　エリアスは身を翻《ひるがえ》すと、数日分の着替えと必要最低限の日用品が入っている袋を背負い直して一人、屋敷を出た。


「エリアス、今日も遅刻か」

　ヒューが呆れ半分諦め半分という表情で、毎朝恒例の言葉をかけてくる。

「お迎え、ありがとうございます」

　そう言ってエリアスが頭を下げた場所は、騎士団本部の室内ではなく、オスカリウス侯爵邸の門の前だ。

　昨日、ヒューが念を押したにもかかわらず、朝食に時間をかけ過ぎてしまったエリアスは屋敷を出るのが遅れた。しかしヒューにとってはそれも想定内だったらしく、彼とクリスとルイは、エリアスの馬を連れてここまで迎えに来てくれたのだ。

　普通は置いて行かれてしまうだろうが、ぼんやりとした外見に似合わず腕っぷしが強いエリアスは、何かあったら頭脳派のクリスとルイを守るという使命があった。それで見捨てずにいてもらえるのだろう。エリアスはこの中で一番腕に自信があった。剣ではなく、殴り合いのほうだ。

侯爵家の嫡男であるエリアスがなぜ肉弾戦が得意なのかは分からない。けれど記憶はなくても体は覚えていて、武器を使わない訓練では、それまで負けなしだったヒューに勝つほどだった。

「忘れ物はないな？」

まるで旅行前の子供への質問だ。しかしヒューの過保護は今に始まったことではないので、欠伸を嚙み殺しながら素直に頷く。

「準備は昨日しておいたので大丈夫です」

普段、こんなに朝早く起きることがないので、眠気を吹き飛ばすことができない。エリアスは眠い目を擦りながら、着替えや必要な道具が入った袋を自分の馬の鞍にのせた。

栗毛の愛馬が綺麗な瞳をこちらに向けてくるので、その艶やかな毛を撫でてやる。そうしながら、朝起きて何度目か分からない大きな欠伸をした。

「眠そうだな。昨日は遅かったのか？」

欠伸を繰り返すエリアスに、クリスが咎めるように言った。

「早く寝たけど、夢見が悪かった……」

「どんな夢見たんだよ。思春期特有の夢か～？」

エリアスがマントの結び目を直しながら答えると、ルイがからかうように笑った。

果たして昨夜見た夢はどういう類の夢になるのだろうか。エリアスは首を傾げ、夢の内容を話す。

「俺が誰かの腕を折る夢だった。宝物をとられたくなくて、それをとろうとしたやつらを皆容赦なく傷つけていた。これは、思春期特有の夢にあたるのか？」

問うと、ルイはぎこちなく笑みを消した。

「う、う――ん……。何かを守ろうとして相手を傷つけるという類のものは、思春期の不安定な時期に見そうな夢ではあるけど……。反抗期にしてはちょっと度を越えてるぞ～」

「そうか」

「でも、夢だしな。意味はないない」

ルイが明るく言って手を振る。するとクリスも「気にするな」と頷いた。しかし、ヒューだけは難しい顔をして黙り込んでいる。

「ヒュー隊長？」

エリアスが呼びかけると、ヒューははっと顔を上げた。一瞬だけ何か言いたそうにエリアスを見たが、すぐににやりと笑って口を開く。

「いや、お前が視察から帰っても遅刻するようなら、さすがに懲罰《ちょうばつ》を受けてもらわないと示しがつかないなと考えていた。トイレ掃除と、調理場の皿洗いと、共用の雨具の洗濯、その三つの中から選ばせてやる。どれがいい？」

珍しく真剣に考え込んでいるようだったが、そんな迷惑なことを考えていたらしい。

少しだけ思案して、エリアスは答えた。

「じゃあ、四つ目の〝懲罰なし〟でお願いします」

「そうか。四つ目の……って、三つって言ってんだろうが！　お前は普段まったくやる気がないくせに、どうしてこういう頭だけは回るんだ？」

ヒューが呆れたように溜め息を吐く。

「もういい。懲罰は視察から戻って来た時に決めよう。お前ら、馬に乗れ。そろそろ行くぞ」

ヒューの一声で、三人はひらりと馬に飛び乗った。

手綱を握って馬を走らせるエリアスたちの顔には、それまでの穏やかさはなかった。


早朝から馬で駆け、途中何度か休憩を入れて、夕方には目的地であるネノスに着いた。

「やっと着いた～」

町の入り口で馬から下りたルイが、目の前に広がる牧草地を眺めながら大きく伸びをする。エリアスも固まってしまった筋肉を解すため、ゆっくりと首を回した。

ネノスの町は、東の国境沿いにある、酪農が盛んな小さな町だ。南は海に面し緑も多いので、貴族たちの避暑地としても人気がある。

国境沿いと言っても、王都から馬車で一日もあれば着くという、比較的近い場所にあるのも人気の理由の一つだろう。

エリアスたちは、これから連泊する予定の宿屋に寄って馬を預け、商店の立ち並ぶ通りに出かけた。

常に忙しなく人々が動いている王都とは違い、この町の人々はゆったりと楽しそうに買い物をし、穏やかに会話をしている。犯罪とは無縁そうなのんびりとした雰囲気だ。

「アレを調べるにはちょうどいい時間ですね」

「ああ」

クリスが声を潜めて言うと、ヒューは小さく頷く。

「どうしますか？　予定どおり、今から二手に分かれて聞き込みしますか？」

まだ着いて間もないというのに、生真面目なクリスはすぐに仕事をするつもりらしい。

それを聞いたルイが「少し休みたいんだけど～」と不満を漏らす。

確かに少し休みたい気分なので、エリアスもルイに賛同した。しかし、いつもなら確実に休憩を選ぶであろうヒューが珍しく真面目な顔で首を振る。

「休憩は後だ。まずはこの町の自警団のところに行くぞ」

ヒューが指差したのは、通りの先にある茶色い建物だった。

簡素な木造の家が多い中、石造のしっかりとした建物である。小さな町にしては装飾も立派なその建物が自警団の施設らしい。

「この町を守っているのは彼らだからな。国を守る騎士団とはいえ、俺たちはよそ者だ。事前に連絡は入れておいたが、挨拶をきちんとしておかないと動きづらくなる」

「確かに挨拶はしておくべきですが、きっと案内役と称して監視がつけられると思いますよ？」

ヒューの言葉に頷きつつクリスは懸念を口にする。ヒューはそれを受けて、にやりと笑った。

「それは好都合だ。自警団が一緒に回れば、この町の人たちに俺たちのことを信用してもらいやすくなるだろう？」

「監視役を利用するってことですね～」

楽しそうに、けれど悪い顔でルイが弾んだ声を出した。一見善人そうな雰囲気なのに、腹黒い男だ。

それから四人は自警団の建物に足を踏み入れた。内部は、騎士団本部に比べれば狭く飾り気もないが、掃除が行き届いていて清潔だった。

入ってすぐのところに中年の自警団員らしき男が一人座っている。そこでヒューが騎士団の者だと名乗ると、すぐに彼は席を立って奥の部屋へと姿を消し、二人の自警団員を伴って戻って来た。白髪が交じった黒髪の壮年の男と、長身の若い男だ。

「これはこれは、騎士団の皆様。こんな遠方までようこそお越しくださいました」

にこにこと穏やかな笑みを浮かべる黒髪の男は、そう言いながらも、エリアスたち全員に素早く目を走らせていた。まるで値踏みでもするかのような視線だが、その鋭さはすぐに笑みの中に隠れる。

「私は、トーマス・コールマンです。自警団の団長をしております。この者は、グレンです。初めての町ではいろいろと不便でしょうから、案内役として使ってください」

トーマスが隣に立っている青年を紹介すると、彼は深々と頭を下げた。

「グレン・エドキンズです。よろしくお願いします！」

明るくはきはきとした声で自己紹介をするグレンという男は、年はエリアスと変わらないほど若く、茶色い髪に、人懐っこそうな丸い茶色の瞳を持った、爽やかな好青年といった印象だ。

やはり案内役をつけてきた。何の裏もない親切心という可能性もあるが、自警団団長の目を見る限り、クリスの言うとおり『この町で勝手なことをするな』という牽制《けんせい》である可能性が高いだろう。

予想どおりの展開になったことに、エリアスは心の中で小さく溜め息を吐き出す。監視役がいると、気軽に任務の話ができなくて気を使うからだ。ルイが言っていたような、監視役を利用するやり方は、不器用で口下手なエリアスには向かない。だからそれは彼らに任せて、自分は余計なことを言ってしまわないように口を閉じていようと決めた。

目立たないように一番後ろに控えているエリアスの前では、ヒューが自分や部下たちの紹介をしてにこやかにグレンを歓迎していた。

「案内役とはありがたいです。もしよろしければ、早速これから町を案内していただけませんか？」

好意的なヒューの様子に、グレンは心から嬉しそうに笑っている。団長のトーマスは油断のならない男だが、彼は見た目どおり裏表のない人間なのかもしれない。

自警団の施設を出ると、ヒューはクリスとグレンを連れて明日視察する予定の孤児院の下見に行ってしまった。

表向きは孤児院と町の施設全般の視察でこの町に来ていることになっているため、それらの場所の位置もついでに確認して来るそうだ。

大勢で行っても仕方がないということで、エリアスとルイは留守番になった。この後に控えている本来の仕事のために少し休憩しておけというヒューの配慮でもあるのだろう。

「可愛い娘いないかな～」

エリアスとルイは、ヒューの気遣いをありがたく受け入れて休憩がてら町をぶらつくことにした。可愛い娘を探しに行くというルイに半《なか》ば強制的に連れ出されたともいえるが……。

面倒くさいという態度を隠そうともしないエリアスに、ルイは上機嫌に語る。

「こういう出先でこそ、運命的な出会いがあると思わないか？　王都の精力的な女の子とは違ってこの町の娘はきっと純情だ。俺は積極的な女の子も好きだけど、はじらう女の子はもっと好きなんだよね～」

ルイの性癖なんて知ったことではない。エリアスは、はいはい……と生返事をしながらぼんやりと町並みを眺めた。

道の両脇には出店が並んでいる。この町は海が近いので、魚を売っている店が何軒も見られた。その他にも、王都では見かけない山菜を売っている店、店先に鳥を丸ごとぶら下げた肉屋、石鹸《せっけん》や香油などがずらりと並べられた雑貨店などがあるが、もう日も沈み始めているため、皆店仕舞いに取り掛かっていた。

小さな町なので、この時間には閉めているかと思っていたが、こんなに遅くまで開けていたのは意外である。仕事帰りの人たちのために遅くまで開けているのだろうか。

魚……か。

エリアスは、すでに閉じられて、看板だけが残る魚屋を見つめながら考える。

昔、誰かが魚が好きだと言っていたような気がする。けれどそれが誰なのかは分からなかった。喉もとまできているのに出てこない、すっきりしない気分になる。

——これも、失ったものの中に答えがあるのか。

僅《わず》かな頭痛とともに、諦めの気持ちが湧き上がった。

思い出そうとしても思い出せない。それは、三年前からずっとそうだった。

「おっ。あの娘可愛いぞ。エリアス、見てみろよ」

ルイが弾んだ声でエリアスの腕をぐいっと引っ張る。眉間に皺《しわ》を寄せ考え込んでいたエリアスには構わず、しきりに誰かを指差していた。

特に興味はないし、いつもは彼のそういう言葉は無視していたのだが、その時はなぜか素直に彼が指差す方向に顔を向けた。無意識の行動だった。

そこには、青果店の店先で何かを真剣に見つめている娘がいた。よく見ると、彼女の前には王都でもよく見る野菜が数種類並べられている。

「これとこれは今日中に売り切ってしまったほうがいいと思うの。明日には傷んでしまうわ。これくらいでどう？」

いくつかの野菜を指差した後、娘が指を三本立ててそう言うと、店主らしき中年の女性が苦笑する。

「せめてその倍じゃないと」

「珍しい山菜が採れたら一番にここに持ってくるから、もっと安くしてくれない？」

「きのこも採ってきてくれるかい？」

「任せて」

「あんたは本当に貴重なものを採ってくるからね。……負けたよ。言い値でいいよ」

「ありがとう！　ミーナさん」

「相変わらず交渉上手だね」

　そんな会話が聞こえてきた。

　娘が野菜を値切り、店主が笑いながらそれを受け入れたようだ。漏れ聞こえた会話では、娘が提示した金額はほぼ底値だった。それなのにあんなに和やかな雰囲気だということは、普段からこういうやり取りをしているのだろう。

　ルイが可愛いと称賛した娘は、随分ちゃっかりした性格のようだ。

「顔が見えない」

　エリアスが視線を向けた時には、娘はすでに店主のほうに体を向けていて、今も肩口までの栗色の髪が彼女の顔を隠してしまっている。

　ぼそりと呟いたエリアスに、ルイが意外そうな視線を向けてきた。

「どうした？　エリアスが女の子を気にするなんて珍しいな。王都から離れて解放的な気分になっちゃったか～？」

「別に」

短く返すが、ルイはエリアスの肩に腕を回し、指先でつんつんと頬をつついてきた。

「隠さなくてもいいんだぞ。お兄さんには本当のことを言っちゃえよ〜」

「鬱陶《うっとう》しい」

本当のことを言えと言われたので本音を言ったら、ひどくがっかりした顔をされた。エリアスはそれを無視して娘に視線を戻す。彼女のことがなぜか異様に気になっていた。

すると、こちらの騒ぎ声が気になったのか、戦利品の野菜を買い物籠に入れていた娘が怪訝そうにこちらを振り返った。

「!!」

娘と目が合った瞬間、エリアスは体に衝撃が走るのを感じた。

全身の意識がすべて彼女に集中する。他は何も見えなくなった。

エリアスを見つめたまま驚いたように見開かれた大きな濃茶の瞳。

あの瞳を知っているような気がする。けれど彼女が誰かは分からない。

ドクンドクン……と鼓動が頭に響く。

手を伸ばせば摑めそうなのに、その手は空を切るだけで何も得られない。そんなもどかしい気持ちを抱えたまま、エリアスは一歩足を踏み出そうとした。

すると、それまで真っ直ぐにエリアスを見つめていた娘が、突如《とつじょ》、慌てたように身を翻《ひるがえ》した。

「あ……」

娘は、まるで何かから逃げるように走り出し、エリアスたちから遠ざかって行く。その時、彼女の持っていた籠の中から何かが落ちた。

風に乗ってエリアスの足下にひらりと舞い落ちたそれは、白いハンカチだった。布の端に『N』と歪《いびつ》な刺繍《ししゅう》が入っているのが視界に入る。

頭の中を不鮮明な映像が過《よ》ぎった。

見覚えのない部屋の中に、エリアスは立っていた。目の前には、自分と同じくらいの身長の少女がいる。

エリアスは、少女に手を伸ばした。自分の手のはずなのにやけに小さいのは、昔の記憶だからだろうか。

差し出した手に、少女は手を重ねてくる。じんわりとした温かさが伝わってきた。

この手を離したくない。そう強く思ったエリアスは、確認するように少女に問う。

「これからも……ずっと一緒にいてくれる？」

「うん」

少女はエリアスと目を合わせ、大きく頷いてくれた。

「じゃあさ、十年後……。十年後の今日、俺と結婚してくれる？」

祈るように、少女の手を両手で包み込んで縋《すが》ると、彼女は何の躊躇《ためら》いもなく再び大きく首を縦に振った。

「うん！」

それを聞いて安心したエリアスは、ポケットから真新しい白いハンカチを取り出した。端のほうに刺繍がしてあるそれを少女の腕に結んで、小さく笑う。

「あの時くれたハンカチのお返し。下手だけど、俺が刺繍したんだ。本当は婚約の証になる対の腕輪を渡すつもりだったんだけど、まだそんなに稼げないから……。そのうちちゃんとしたおそろいの腕輪を贈るから」

「うん、待ってる！」

二人ともまだ幼く、不確かな未来の約束だ。それなのに、少女は何度も力強く頷いてくれた。それがとても嬉しかった。


「どうした？」

「――っ」

ルイの声で、唐突に現実に引き戻された。

――今のは、何だ？

情景や心情までもが鮮明に脳裏に浮かんだはずなのに、一瞬のうちに過ぎった映像だったせいか、すでに内容をはっきりとは思い出せなくなっていた。

目の前には、映像の中にも出てきていた下手くそな刺繍入りのハンカチがある。

急いでそれを拾い上げ、彼女を追いかけるために駆け出そうとした。

——しかし、体が重くて足が動かない。まるで体が『追いかけるな』と言っているようだった。

焦燥が胸を締め付ける。

エリアスは、みるみる遠ざかって行く娘の後ろ姿を、ただ見つめることしかできなかった。

「……っ、エリアス?」

普段は軽い口調のルイが、なぜか動揺したように上擦った声を出した。

「……?」

娘の姿が見えなくなってからルイに顔を向ける。すると、ルイはなぜか困ったように視線を泳がせた。

しまいにはそっぽを向いて、胸ポケットから取り出した青いハンカチをエリアスに差し出してくる。

「拭けよ」

「何を？」

「涙を」

ルイが何を言っているのか分からなかった。

涙？

その言葉の意味を理解した途端、自分の視界が滲んでいることに気がついた。

俺は、泣いているのか？

慌てて目元に手を当てると、確かに濡れた感触がある。

「本当にどうしたんだ？　さっき走って行った娘もなんかおかしな反応してたしさぁ……」

エリアスが突然泣き出したからか、ルイは心底困ったような顔で頭をかいた。

いつもぼんやりとしている自覚はあった。何かを考えなくてはいけないのに、考えようとすると思考に靄《もや》がかかったようになる。

それなのに、娘を見た瞬間、突然、感情や感覚がむき出しになった気がした。

そのことに一番戸惑っているのはエリアス自身だ。

しかしルイもかなり動揺しているようだ。涙を流す同僚をどう扱っていいのか分からずに、「あー…うー…」と唸りながらチラチラとエリアスを見ている。

「涙の意味が分からない」

ルイから受け取ったハンカチで涙を拭い、エリアスはぽつりと言った。

「……涙が出るってことは、悲しい、寂しい……あと、痛い、苦しい。それと、嬉しい時だろ」

ルイの言葉に、今の自分にあてはまるのはどの感情なのか、自身に問う。しかし答えがまったく見つからない。

悲しいし、寂しいし、痛いし、苦しいし……嬉しい。全部の感情がごちゃまぜになっているような気がする。

「知ってる娘か？」

娘が走り去った方向を見つめてルイが訊いてきた。エリアスは首を横に振る。

「知らない。あの娘は誰だ？」

「俺が知るわけないだろ。お前が泣くってことは、知り合いなのかと思ったんだ」

知り合い……なのかもしれない。この三年間で感じたことのない激しい感情が体の中で渦巻いている。

エリアスは拾い上げた白いハンカチについていた砂を払う。

「このハンカチは……知っている気がする」

刺繍入りのこのハンカチは、俺が……。

そこまで考えて、はっと我に返った。

――『俺が』、何だ？

しかし、つい今しがた自分が何を考えていたのか、すでに分からなくなっていた。先ほど過ぎった映像と一緒だ。その瞬間ははっきりと何かを感じているのに、我に返ると途端に実態が摑めなくなる。

騎士団の本部で殺しの報告書を見た時もそうだった。何かの映像が頭の中を過ぎって、自分ではない誰かが思考を支配する。

なぜだろう。

俺は、とても大切な何かを忘れている気がする――。

❀　❀　❀

娘は息を切らしながらも必死に足を動かして、出店通りを抜けて自警団本部の裏手にある道を駆けた。

やがて自分の家にたどり着くと、すぐさま中へ飛び込んで鍵をかける。

はあはあ……と荒い呼吸を繰り返し、その場にずるずると座り込んだ。

「……っ……どう、して……？」

どうして彼がこの町にいるの？

私がここにいるとバレた？

違う。きっと違う。偶然この町に来ただけ。ただそれだけのこと。

私のことは分かるはずがない。分かっていたら、彼は絶対に私を捕まえようと追いかけて来たはずだ。背後に彼の気配はなかった。

だから、大丈夫。

自分にそう言い聞かせると、娘はのろのろと立ち上がり寝室の扉を開けた。

衣装箱の底に隠しておいた厚い革の袋を取り出し、見た目以上に重量のあるそれをぎゅっときつく胸に抱く。

「大丈夫。記憶が戻ったなんて報告はないわ。きっと大丈夫。大丈夫……」

何かを確認するように、何度もそう呟いた娘は、久しぶりに見た彼の姿を頭から打ち消すようにぎゅっと目を閉じた。

❀　❀　❀

「いや～、びっくりしたのなんのって。あのエリアスが女の子を凝視してたんですよ～。しかもその直後に突然泣き出したんです。驚かないわけないでしょう」

あの後、宿へ戻ったエリアスは、ルイが大袈裟な身振り手振りで夕方の出来事を話しているのをぼんやりと聞いていた。

まだ頭がぼうっとする。あの娘のことを考えると、そこに頭痛が加わる。

エリアスは今、ヒューとクリスが泊まる部屋に来ていた。隣はエリアスとルイの部屋である。

この町では上等な宿で、壁は厚く、扉の造りもしっかりしていた。仕事の話をするのには、安宿ではなく、こういう宿のほうが都合がいい。

話し声が外に漏れる心配がないその部屋で、それぞれは思い思いの場所に座っていた。ヒューとクリスは簡素なソファーに、ルイは彼らと向かい合うためにテーブルに、そしてエリアスは具合が良くないのでベッドの上に、半ば倒れ込みそうな体勢で腰を下ろしている。

「それは……驚くな」

と言いつつ、クリスはまだルイの言葉を信用し切れていないようだ。本当か？　と探るような視線をエリアスに向けてくる。

その視線に応える気力がないエリアスは、ずるずるとベッドに身を預け、完全に横になった。

「まさか……」

ヒューが小さく呟いた声が聞こえた。それを聞き咎めたクリスが眉を顰める。

「何か思い当たることが？」

「……いや」

ちらりとエリアスを見て、ヒューは言葉を濁した。

その顔を見て、もしかして……とエリアスは思う。ヒューはエリアスの失くしたものを知っているのかもしれない。

これまでも、彼は何か言いたそうな顔をしてエリアスを見ることがあった。そういう時は決まって、今のように気の毒そうに眉尻を下げるのだ。

なぜあの娘を見てエリアスが泣いたのかも、ヒューは知っている気がする。

けれど、エリアスが訊いてもヒューは答えてくれないだろう。この三年間、彼はエリアスに何も言わなかった。きっと彼は、エリアスがすべて思い出すまで、余計な情報は与えないつもりなのだ。

クリスも何かを悟ったらしい。じっとヒューを見つめ、けれどそれ以上の詮索はしなかった。

エリアスはポケットに手を入れ、中にある白いハンカチに触れる。さらりとしたその感触とともに、娘の顔が脳裏に浮かんだ。つきりと胸が痛む。

「お願いがあります、ヒュー隊長」

重い体に鞭打ってベッドから起き上がり、エリアスは真っ直ぐにヒューを見つめた。

「何だ？」

眉を寄せたヒューは、何を言われるのかと身構えている様子である。

「明日、仕事が終わってからでいいので、彼女を探す時間をください」

「……なぜだ？」

「このハンカチを彼女に返したいのです」

「……勤務時間外の行動を制限するつもりはない。好きにしろ」

エリアスの言葉が予想外だったのか、ヒューは拍子抜けしたように頷いた。彼が何を警戒しているのかは分からないが、ここで押し問答をするつもりはない。

ヒューの口を割るよりも、彼女に会ったほうが明確な何かを摑めそうな気がしたのだ。きっと彼女は――俺を知っている。

エリアスはそう確信していた。

❀ ❀ ❀

翌日。朝早く、案内役のグレンがエリアスたちを迎えに宿に来た。今日はグレンとともに孤児院の視察をすることになっていた。

「ああ……それなら、ラナじゃないですかね。三年ぐらい前にこの町に引っ越して来て、一人暮らしをしているんですよ。店の手伝いや牧場の手伝いを率先してやる良い娘です」

まだ半分寝ているエリアスの口に朝食を詰め込んでいたルイが、グレンの姿を見て『自警団なら分かるはず』と思いつき、軽い気持ちで昨日会った娘の特徴を伝えた。すると、意外にもあっさりと娘の正体が判明してしまった。

自力で探すつもりだったエリアスは、ありがた迷惑な気持ちでルイとグレンに視線を向ける。完全に目が覚めてしまった。

「ラナがどうしたんですか？」

「昨日、彼女が落としたハンカチをエリアスが拾ったから、返そうと思ってさ〜」

首を傾げて問うグレンの肩にルイは親しげに手をのせ、にこにこと笑みを浮かべている。

ルイが得意とするのは、まるで昔からの知り合いのような図々しい態度で相手との距離を縮めるという手法だ。なぜか相手は、彼のそんな遠慮のない言動と人懐っこい雰囲気に、少なからず警戒を解いてしまう。

グレンも例に漏れず、ルイが突然詰めてきた心身の距離に一瞬戸惑いながらも、すぐに許容してしまったようだ。

「俺が返しておきましょうか？」

グレンは無邪気な笑顔で申し出た。

彼は純粋な善意で言っているのだろう。けれどそれが、他の男をあの娘に会わせないいための牽制に聞こえてしまうのは思い過ごしだろうか。

「自分で渡す」

ルイの手からパンを奪い取りながら、エリアスは鋭い視線をグレンに向けた。

その視線のせいか、それとも言い方がぶっきらぼう過ぎたのか、グレンが驚いたように動きを止める。するとルイがすかさず、バンバンとエリアスの背中を叩きながら大袈裟に笑った。

「ごめんな～。こいつ、朝は機嫌が悪くてさ」

「はあ……」

「ヒュー隊長とクリスなら、もう飯食って馬の様子を見に行ってるんだ。すぐに戻ってくると思うから、今日の予定は二人から聞いてな～」

緊迫していく空気を打ち消すようにルイが軽い口調で話を変えたため、グレンはすぐに笑顔に戻り、はい！　と元気良く頷いた。


エリアスは昨日の娘の家にやって来ていた。

孤児院へ視察に行った後、今日の仕事が終わったエリアスはグレンに案内してもらい、ここへ来たのだ。なぜかヒューたちもついて来たが、娘に会いたい一心のエリアスは、彼らが興味津々といった表情をしていても気にならなかった。

自警団本部の裏にある細い道を森へ向かって歩いて行くと、その途中に娘の家はあった。道沿いではあるが、周りに木々が立ち並んでおり、注意していないと見落としてしまいそうなほどひっそりとした佇まいだ。

しかも、大雨が降っただけでもすぐに潰れてしまいそうなほど小さく古い家。壁にはひびが入っているし、ドアは見るからに立て付けが悪そうである。

こんな脆そうな家に、彼女は独りで住んでいるというのか。

危ないではないかと思いながら、今にも壁が剝《は》がれ落ちそうなその家をじっと見つめる。するとなぜだろうか。とても懐かしい気分になってきた。

愛着が湧いてきた、というほうが正しいだろうか。雨漏りしそうなこの家に愛しささえ感じる。

「ラナ、いるか？」

グレンがドアを叩いて声をかける。その無遠慮さに、彼らの距離の近さを感じて胸がもやもやする。

しかし彼女は留守らしく、中からは何の反応もなかった。

「留守みたいですね。どうしますか？」

グレンがヒューの指示を仰ぐと、ヒューはエリアスを見た。

「どうする？　待つか？」

尋ねる声はいつもと変わらない。けれど彼が気遣わしげな表情をしていることに気づく。なぜそんな顔でエリアスを見るのだろうか。怪訝に思いながらも、エリアスは頷いた。

「待ちます」

このまま諦めて宿に戻るという選択肢はエリアスにはなかった。

彼女に会って、自分の不可解な感情と衝動の意味を知りたい。彼女と話せば、失くしたものを取り戻せるに違いない。その思いだけが今のエリアスを支配していた。彼女が戻ってくるまで、何時間でもここにいるつもりだ。

しかし幸運にも、さほど待つことなく彼女は現れた。

「あ、ラナ」

グレンが嬉しそうに手を振る。彼の視線の先に目をやると、昨日の娘が籠を持ってこちらに歩いて来るところだった。

グレンの声に気づき、娘がこちらに視線を向ける。しかしエリアスたちがいることに気づくと同時に、ぴたりと足を止めた。

まるでそれ以上は近づきたくないとでも言うように、離れた場所からこちらの様子を窺っている。そんな彼女の様子など気づかない様子で、グレンは躊躇《ためら》いなく近づいて行った。

その間、エリアスは娘の全身にくまなく視線を走らせた。

なぜだろうか。目の前にいる彼女は、昨日見た印象と幾分か異なる気がした。

彼女は、もう少し背が高くなかっただろうか？

エリアスもヒューたちに比べれば低いほうだが、今の彼女は頭のてっぺんがエリアスの頬に届くくらいだろう。

なぜか彼女はエリアスと同じくらいの身長だと勝手に思い込んでいた。――この違和感は何だろうか。

「買い物してきたのか？」

グレンは目尻を下げて触れんばかりに彼女に近寄る。傍目《はため》にも好意を持っていると分かるその態度に、エリアスは無意識に眉間に力を入れていた。

彼女はグレンから一歩身を引き、やや緊張気味に彼を見る。

その反応にほんの少しだけ安堵《あんど》した。

「私に……何か用？」

彼女の声は固いものだったが、エリアスの耳には甘く響いた。

心地良い。もっと聞きたい。

そう感じたのは、エリアスだけだろうか。

彼女は警戒するようにエリアスたちのほうを見た。けれど決して目を合わせようとはせず、すぐにグレンに視線を戻す。

「騎士団の人がラナに用事があるって言うから案内したんだ」

「……騎士団がこんな田舎に何をしに来たの？」

「町の施設の視察だって」

「……そう」

グレンの答えに、娘は幾分か表情を和らげたようだった。しかし逆に、エリアスの表情はどんどん硬くなる。

彼女がグレンと話している。ただそれだけのことなのに、息苦しい。胸のもやもやは苛立ちに変わっていた。

「私に用事って何ですか？」

少し警戒を解いたのか、無造作にエリアスたちとの距離を縮めた彼女は、ヒューに怪訝な視線を向ける。この中で誰が一番立場が上か、見ただけで分かったのだろうか。

「用事があるのは彼だよ」

ヒューがエリアスを手で示す。すると彼女は僅《わず》かに顔を強張《こわば》らせた。しかしそれはほんの一瞬のことで、すぐに改める。微笑むわけでもなく、だからと言って不機嫌そうでもない、感情の読めない表情だ。

「私に、何か？」

彼女はエリアスを見た。間近で見てみたいと思っていた大きな濃茶の瞳がこちらを向いた。

やっと目が合った。彼女がエリアスを見ている。それだけで心が満たされるのを感じた。

「昨日これを落として行ったから、返しに来た」

ポケットから取り出した白いハンカチを彼女に差し出す。彼女はそれに視線を落とすと、受け取ろうかどうか迷っている様子で手を宙に浮かせた。

何をそんなに躊躇っているのだろうか。

エリアスはじっと彼女の様子を窺う。エリアスが注視すればするほど、彼女は居心地が悪そうに視線を落としていった。

どうしてこっちを見ないのだろう。どうして笑ってくれないのだろう。

彼女の反応に不満が渦巻く。けれど口には出さず、彼女がハンカチを受け取るのを待った。

しばらくの逡巡《しゅんじゅん》の後、彼女は結局ハンカチに手を伸ばした。

「ありがとうございます」

感情のこもらない声で告げると同時に、エリアスの手のひらに彼女の指が触れた。

その瞬間、考えるより前にその手を握り締めていた。

小さく細く、ひんやりとした手だ。

やけに馴染んだその感触に、エリアスは動きを止める。一瞬目の前がぐらりと揺れ、後頭部がずしりと重くなった。

「……なっ……！」

しかし、娘の驚きの声とともに、懐かしい手の感触はすぐに失われてしまう。後頭部の不快感も瞬時に消える。

彼女に手を払われたらしい。そうされて初めて、自分が彼女の手を握っていたことに気づく。

「おいおい、エリアス。さすがに手が早いんじゃないか～？」

「エリアス、突然そんなことをしたら駄目だ。もっと段階を踏んだほうがいい」

ルイとクリスに諭《さと》されたが、彼らの言葉は耳に入ってこなかった。

愕然《がくぜん》としたのだ。

握り返さずに手を振り払った彼女に。

そして、なぜか〝彼女なら握り返してくれる〟と疑わなかった自分に。

どうしてそんなことを思ったのか、どうしてこれほどまでに衝撃を受けているのか、その理由は分からない。分からないことが、ひどくもどかしかった。

思考が混乱している間に、娘は素早くエリアスの脇をすり抜けて行ってしまった。足早に玄関へと向かって行く。

大胆な動きのせいで、粗末な作りのスカートの裾から白い足が覗いた。細い足首に、精巧な蔦《つた》の細工を施した銀色の環《わ》がはまっているのが見える。やや太めの環だ。

「それ……俺の」

そんな言葉が口をついて出た。その銀の環は確かに自分のものだと思った。

娘はその言葉に、一瞬驚いたように目を見開き、不愉快そうに眉を顰めた。

「これはあなたのものじゃない。私のものよ。変なことを言わないで」

吐き捨てるように言うと、彼女は立て付けの悪いドアを力いっぱい開け、家の中に消えてしまった。

エリアスは乱暴に閉められたドアを呆然と見つめる。声で、態度で、全身で突き放された。それがひどく悲しかった。

口を開けたまま動けずにいるエリアスに、その場にいる全員の視線が集中する。

にやにやとした笑みを浮かべたルイが、エリアスの肩に腕を回してきた。

「彼女、意外と気が強いね～」

「前はもっと……」

「ん？　何だって？」

エリアスの小さな呟きをルイの耳に拾われる。聞き返されて、エリアスのほうが戸惑ってしまった。

無意識に口をついて出た言葉だ。エリアスにも意味なんて分からない。

前はもっと……？

もっと、何だった？

考えても考えても、その答えは出てこなかった。

黙り込んだエリアスの頭に、微かな重みが乗った。顔を上げると、ヒューが労わるような目でエリアスを見ている。大きな手が励ますようにくしゃりと髪を撫でた。

「ヒュー隊長？」

なぜ彼がそんな顔をしてるのか分からない。

エリアスは小さく首を傾げて理由を問うが、ヒューは何も言わなかった。

それから、エリアスの気持ちが落ち着くのを待ち、グレンは自警団へ、エリアスたちは宿へと戻ったのだった。

❀　❀　❀

『それ……俺の』

彼の口から出てきた言葉に、ラナは一気に全身の血が下がるのを感じた。

思い出したの？

鼓動が激しく鳴る。唇が震えそうになるのを必死に抑えながら彼を見た。けれど彼は、自分がなぜそんなことを言ったのか理解できないような顔をしていた。

大丈夫。思い出していない。

ほっと安堵の息を吐き出す。

そうだ。それに先ほど、彼はグレンを殴らなかったではないか。それが、彼が何も思い出していない証拠になる。

以前の彼なら……。

そう考えて、慌てて首を振る。

――どうか思い出さないで。

その一心で、彼になるべく嫌な印象を与えようと努めた。

もう二度とここに来ないように。

もう二度と接触してこないように。

それが彼のためなのだ。

ラナは、全力でエリアスに背を向けた。

第三章

エリアスの記憶は三年前から始まっている。といっても日常生活に必要な知識は残っていて、失ったのは、どういう生き方をしてきたか、誰とどう関係していたのかという自分を取り巻く状況と在り方に関する記憶だけだった。

エリアス・オスカリウス――幼い頃から後継者教育を受けている、侯爵家の優秀な嫡男。与えられた情報はそれだけで、どうやって記憶を失ったのかは誰も教えてくれなかった。

けれどただ一つ確かなものがあった。父親に対する憎悪だ。

なぜそんな感情を持っているのかは分からないし、父親と何があったのかも思い出せない。しかしその感情だけは、消えることなく胸に巣くっていた。

状況を把握できないまま重苦しい気持ちだけを抱えているのはつらかったが、エリアスはその鬱々《うつうつ》とした感情を父親にぶつけたりはしなかった。そんなことよりも、もっと大事なことを忘れているような気がしていたからだ。

その大切なものを思い出すために、自室にあるものを手当たり次第に手に取り、そこから記憶の糸口を見つけようとした。けれど、思い出そうとすると頭が割れるように痛くなり吐き気がする。

結局、記憶の欠片を探して分かったのは、自分の淡白さだった。部屋には必要なものはそろっているのに、使い古したものは見当たらないし、ペンですら手に馴染まない。それまでのエリアスは、いったいどういう生活をしていたのだろう。

ダネルは、エリアスは昔から聞き分けのいい優秀な嫡男だったと言う。

素直で穏やかで従順な侯爵家の跡継ぎ。

自分は本当にそんな人間だっただろうか？

もしダネルの言葉が本当なら、なぜこんなにも父親が憎い？

何が本当で何が嘘だ？

父親に言われたように振る舞いながら、ずっとそんな疑問が頭の片隅にあった。

自分という人間がよく分からない。

いつも不安で、正解が分からないのがもどかしくて、何度も自問自答した。

これで合っているか？

周りが求めているエリアスになれているか？

そうしてエリアス・オスカリウスとして行動すればするほど、徐々に足下が不安定になり、自分を支えることすら危うくなっていった。立ち位置が頼りなくて、生きている実感すら持てなくなったのだ。

そんな時、救ってくれたのはヒューだった。

「無理に思い出そうとするからつらいんだ。記憶は自然と戻るのを待って、今は何も考えずに働け」

彼はそう言って、エリアスを騎士団に迎え入れてくれた。

元々エリアスは騎士団に入団する予定だったらしく、ヒューは記憶を失う前のエリアスと、入団試験のために何度かオスカリウス侯爵邸で会っていたそうだ。

ヒューは、記憶を失う前のエリアスの話を一切しない。それは記憶を取り戻そうとするたび苦しんでいるエリアスへの気遣いなのか、それとも、オスカリウス侯爵に『何も教えるな』と厳命されているからなのかは分からない。

オスカリウス侯爵はエリアスの記憶喪失を喜んでいるふしがある。以前のエリアスが父親とどんな関係だったのかは知らないが、きっと仲は良くなかっただろう。今でも父親とは会話らしい会話がないし、何よりもエリアスは彼を憎悪している。

オスカリウス侯爵が一番信頼しているのは、エリアスではなくダネルだ。代々、オスカリウス侯爵家に仕えるブリュッケル家の人間であるダネルは、侯爵である父親にどこまでも従順で、侯爵が長い間屋敷を空けるときには彼が侯爵に代わり決裁者となっていた。

人に忠誠を誓うというならまだしも、家に忠誠を誓うというダネルの心情はエリアスには理解できない。一度、その生き方は楽しいかと訊いたことがある。すると彼は、『それ以外の生き方を知らないのです。私には侯爵家しかない』と答えた。

父親に心酔しているわけでもなく、家のためだけに尽くす。本当にそんな状況に満足しているのか、彼の心の内は分からない。

そして——彼女のことも分からない。

ラナと呼ばれたあの娘は、きっとエリアスのことを知っている。そしてエリアスも彼女のことを知っている……はずだ。今日改めて彼女を見てそう確信した。

それなのに、彼女は知らないふりをする。エリアスとは関わりたくないという態度をとる。

なぜだろうか。彼女を見ると、胸が騒ぐ。勝手に体が動き、近づきたい、触れたい、という激しい衝動に襲われる。

こんな自分は知らない。

——いや、知っている。

夢の中の自分と一緒だ。最近よく見るようになった夢。

怒りや憎しみの衝動に駆られて、人を殴り、蹴りつけ、骨を折った。相手は毎回違う人物だ。けれど共通しているのは、それが全員男であること。

エリアスは夢の中で、何人もの見知らぬ男を一方的に痛めつけていた。

あれは現実だろうか。もしあれが失った記憶の断片なら……自分は、ぼんやりと日々を過ごす今とはまったく違う性質の人間だったということだ。

ひどく暴力的で、他人を傷つけることを躊躇しない。そんな残忍な人間だったのかもしれない。

そう思ったら、自分が怖くなった。

「顔色が悪いな。大丈夫か？」

突然、心配そうな低い声がした。すぐに、クリスの顔で視界が遮られる。

いつの間に部屋に入って来たのだろうか。彼は僅かに眉根を寄せて、ベッドに横たわるエリアスの顔を覗き込んでいた。

「ヒュー隊長とルイはこの町の娼婦のところに行ったから、エリアスは私と酒場で聞き込みだが……行けそうか？」

休んでいるか？　とクリスは気遣ってくれたが、エリアスは首を振った。

「行く」

仕事には厳しいクリスが「休むか」と気遣うくらいに、エリアスの顔色は悪いのだろう。微かに頭痛はするが、仕事に支障が出るほどではない。

思った以上に長い時間考え込んでいたらしい。同室であるルイが部屋を出て行ったことも、クリスが部屋に入って来たことにも気づかなかった。

「今日はこの町で一番大きな酒場に行く。そこで、闇取引をしやすそうな場所を聞き出そう。あやしまれないようにさり気なく、な」

「分かった」

エリアスとクリスは、すでに騎士団の隊服から私服に着替えていた。この町に溶け込むように、簡素なシャツとトラウザーズを身につけている。娼婦のところに聞き込みに行ったヒューとルイも、同じように特徴のない服を着ているはずである。

宿から出て、比較的人気《ひとけ》の多い大通りを歩きながら、クリスがふと不安そうな顔をした。

「ヒュー隊長とルイは意気揚々と出かけて行ったが……。あの二人、任務を忘れて楽しむだけ楽しんでくる気じゃないだろうな……」

クリスの心配も分からなくはない。

元々、ヒューとルイは女好きの部類に入る。ルイは特に、年の差などは関係なく、すべての女性が恋愛と性の対象と豪語するほど身も心も軽い。

けれどさすがに、何の収穫も得ずには帰って来ないだろう。仕事は仕事としてきっちりとこなす二人だ。

あの二人に比べ色を好まず、そういった場所も不得手であるエリアスとクリスは、仕事帰りの男たちがたむろする酒場を任された。

『商売女は、むっつりどもには刺激が強いからな』

とは、ルイの弁だ。

しばらく歩き目的地に着くと、エリアスたちはすでに満席に近い店内の端のほうに座り、静かに酒を飲み始める。

ここは休日前になると常連客でにぎわう酒場だ。グレンが教えてくれた店である。

店内は薄暗く、入った瞬間むっとした熱気に襲われた。古びたカウンターがあり、その奥に飾り気のない木のテーブルと椅子がいくつか置かれていて、むせ返るような酒の匂いが立ち込めている中、男たちが楽しそうな声を上げて杯を掲げていた。

小さなこの町でよそ者は珍しいのだろう。足取りもおぼつかない陽気な男たちに声をかけられ、もっと飲め！　と強引に酒を勧められる。

飲み過ぎて酩酊《めいてい》しては仕事にならない。酒を飲むふりをしながら、ほどよく出来上がっている彼らにクリスがそれとなく探りを入れた。

「彼がね、好きな娘が振り向いてくれなくて荒れているんですよ。何かいい方法はありませんか？」

エリアスの肩を叩きながら、先ほどから、海で釣り上げた魚の話をペラペラと続けている赤ら顔の男に言った。

エリアスは確かにラナという気になる娘に拒絶されたばかりなので、まったくの嘘というわけでもない。

　すると男は、得意げに胸を叩いた。

「女の扱いなら俺に任せな。あいつらは愛の言葉に弱いんだ。毎日愛を囁《ささや》いて、ここぞという時に大きな花束を贈ればいちころだぜ」

　いかつい外見に似合わず、意外とロマンチストで健全な思考である。どうやらこの男からは欲しい情報は出てこなさそうだ。

　クリスもそう思ったのか、別の男にも話を振ろうとさり気なくあたりを見回している。

　すると、

「がはははは……！　馬鹿か、お前は。女は多少強引なのが好きなんだよ。押し倒しちまえばこっちのもんだ！」

　ふさふさとした顎髭《あごひげ》を生やした男が、大きく突き出た腹で赤ら顔の男を押しのけて話に割り込んできた。

「手だけじゃなくて舌を使って丁寧に愛撫してやれば、抵抗する気力もなくなって身を任せてくるんだ！」

　その上、訊いてもいないのに女の悦ばせ方について話し出したので、クリスがちらりとエリアスの様子を窺ってきた。

　クリスはエリアスを子供だと思っているのだ。確かにクリスから見ればまだ若いだろうが、世間的にはもう立派な成人だ。そろそろ一人前の男として認めて欲しいものである。

エリアスとクリスが視線を交わしている間も、男たちの猥談は止まらなかった。

「大事なのは愛だ」

「体の相性だ」

「愛だ」

「体だ」

そんな不毛な言い合いがしばらく続いた。

それを聞き流していたクリスだったが、男たちが疲れてきた頃合を狙って口を挟んだ。

「でももしも、口下手で性交の技術もなかったらどうしたらいいんでしょうか？」

すると、その場の男たちは途端にニヤニヤと笑い、力強くクリスとエリアスの肩を叩いた。

「何だ、お前ら。あっちのほう、自信ないのか？」

「女っ気なさそうな顔してるもんなぁ。よっしゃ。俺たちが秘儀を伝授してやるぞ」

女っ気なさそうな顔とはどんな顔だろうか。エリアスは酒を飲みながらぼんやりとそう思ったが、彼らはわりと真面目に教えてくれるつもりらしく、顔を寄せて身振り手振りで説明し出した。

そうしてたっぷりと秘儀を伝授してくれた髭面の男が、最後に『おすすめのものがある』と切り出してきた。

「あんまり大きな声では言えないんだけどな、いいものがあるんだよ。アレは、目をつけた女を落とすにはもってこいだ。俺も勧められて使ったけど、結構良かったぜ」

「アレって何ですか？」

白々しいほどに不思議そうな顔を作り、クリスが首を傾げる。すると男は、親指と人差し指の間に小さな隙間を空け、このくらいの小瓶《こびん》に入った液体だと答えた。

「あ〜、アレって誰からもらったんだっけ？　なんか、酔っ払って酒場巡りしてた時に、いつの間にか持ってたんだよな〜」

男の言葉に、エリアスとクリスは周りに悟られないように頷き合った。わざわざこんなむさくるしい場所に出向いたのは、この話が聞きたかったからだ。

違法薬物は媚薬として出回っているらしいことは摑んでいた。彼らの言う小瓶の液体がそうである可能性が高い。

もっと詳しく聞き出そうと、エリアスは男に酒を勧める。男は勧められるがままに上機嫌に酒を呷り、ぺらぺらと話し出した。

「アレはとにかく焼き菓子なんかよりも甘い匂いがして、飲んだらすぐに効くんだ〜。とにかくすごくてな〜。感度が良くなって積極的になって、見たこともないくらいに乱れるんだぜ。あの時は朝まで放してもらえなくてな〜。女房が――」

「あれ？　クリスさんとエリアスさんじゃないですか」

調子に乗って話していた男の言葉を遮るように、聞き覚えのある声が割り込んできた。

見ると、普段着姿のグレンが親しげに手を上げている。ラナという娘の家に行った後、暗くなる前に別れた彼はすでに何杯も飲んだ後らしく、いい感じに顔を赤らめている。

これから具体的なことを聞き出そうとしていたのに邪魔が入ってしまった。エリアスは小さく舌打ちする。

「お二人だけですかぁ？」

ろれつが回らない口調で、グレンは赤ら顔の男と髭面の男の間を掻き分けるように近づいて来ると、親しげな態度でエリアスの隣に腰を下ろした。

すると、グレンが自警団の人間だと知っているのだろう、卑猥な話を熱く語っていた男たちは、ばつの悪そうな顔をしていそいそと離れて行ってしまった。

「ヒュー隊長たちは、私たちとは違った夜の楽しみ方をしていますよ」

せっかくの好機を逃したことに一瞬だけ苦い顔をしたクリスだったが、すぐににこやかな顔で応対する。するとグレンは何かいやらしいことを想像したのかへらへらと笑った。

「へえ……。騎士団の方でも、王都から離れたこんな田舎では羽目を外すんですねぇ」

「あの二人は特別です」

夜の蝶が大好きなんです。と言ってクリスは小さく溜め息を吐いた。

エリアスたちは極秘の捜査をしているため、それをグレンに悟られてはいけない。だからこそ、呆れているという顔をしてみせたのだろう。

そんなクリスの言葉に、グレンはうんうんと頷いた。

「いろんな人がいるのは、どこも一緒ですねぇ。うちのトーマス団長も、夜になると安宿にこもったりするんですよ。娼婦でも呼んでるんですかねぇ。他の団員は、町の見回りのついでに酒場巡りをするし。ちゃんと仕事してるのかな～」

自警団にもいろいろな人間がいるらしい。

素直に信じてくれたのは良いが、まだ油断はできない。エリアスとクリスは、テーブルに置いてあった酒に手を伸ばしてグビグビと呷り始めたグレンに気づかれないように、素早く周囲を見回した。

先ほどの髭面の男はまだ店の中にいる。できればグレンがいないところで彼からもう一度話を聞きたかった。

「そういえば、エリアスさんはラナと知り合いですか？」

さり気なく店内に視線を走らせていたエリアスに、グレンが突然尋ねてきた。

「なぜそんなことを？」

酒で顔を赤くしているくせに鋭い視線でこちらを見ているグレンに、エリアスは静かに問い返す。

「いえ……、さっきのラナは普段の彼女とは違うみたいだったから。ラナは三年ぐらい前にこの町に来たんですけど、いっつもにこにこしてて子供にも年寄りにも優しい娘なんです。って、言いましたっけ？　何にせよ、彼女があんな言い方をするなんてこれまでなくて。エリアスさんと過去に何かあったのかと……」

「へえ……」

答えにならない返事をするエリアスに、グレンは困った顔をする。

「あの後、彼女にあなたのことを聞いたんです。そうしたら、知らない人だと言っていました。本当ですか？」

「……彼女が言うならそうなのでは？　俺は彼女が何者か知らないので」

僅かな間の後、エリアスがそう言うと、グレンは「良かった」とほっと息を吐き出した。そして苦笑しながら続ける。

「俺はてっきり、エリアスさんはラナの昔の恋人か何かだと思ったんです。実は俺、ラナに求婚してるんですよ。いつも、なんだかんだで誤魔化されてしまうんですけど……」

その言葉を聞いた瞬間、体が勝手に動いた。

気がついた時には、エリアスはグレンの胸倉《むなぐら》を掴んで拳を振り上げていた。

「エリアス！」

グレンを殴る寸前、クリスに腕を摑まれた。

そこで初めて、自分が何をしようとしていたのか理解した。

まったくの無意識だった。突然の衝動に駆られて、無抵抗の酔っ払いを殴ろうとしたのだ。

「すみません。こいつ、少し飲み過ぎてるみたいです。今日はこれで失礼しますね」

目を丸くしているグレンに頭を下げたクリスは、エリアスを無理やり引きずり、酒場を出た。

人ごみの熱気から離れ、ひんやりと冷たい夜風がエリアスの頭を冷やしてくれる。

今日は引き上げようというクリスの提案に従い、エリアスは彼に続いた。

「いきなり人を殴ろうとするなんてエリアスらしくない。暴力は駄目だ。何か理由があったのか？」

しばらくの沈黙の後、クリスは後ろを歩くエリアスを肩越しにちらりと見やり、叱るような口調で言った。

クリスはこんな仕事についていながら、暴力をひどく嫌うのだ。

「……あいつが、彼女に求婚しているなんて言うから腹が立って」

エリアスがボソボソと言い訳をすると、クリスはぴたりと足を止め、振り返った。何やら奇妙なものを見るような目でこちらを窺っている。

自分でも明確な理由なんて分からない。けれど、あの時感じたバラバラで複雑な気持ちを統合して、その感情の意味を説明するとそんな答えになったのだ。

「本気であの娘を好きになったのか？　まだ会って間もないのだろう？」

会って間もない……本当にそうだろうか？

彼女が何者なのか思い出せない今、彼女は俺にとって他人も同然だ。

でも――。

「俺は……彼女を知っているような気がしてならない。それに、彼女も俺に対して過剰に反応していたと思わないか？」きっと彼女も俺を知っている」

「そう言われれば、確かにそうだな。普段の彼女を私たちは知らないが、彼女を身近で見て来ただろうグレンが気にするくらいだから、エリアスに対して彼女らしくない態度をとっていたのは間違いないのだろう」

常に冷静なクリスが同意してくれたおかげで、彼女が良くも悪くもエリアスを意識しているのは勘違いではないのだと思えた。

再び歩みを進めるクリスの隣に並び、エリアスは自分の変化をぽつりぽつりと語る。

「彼女が関わると感情が乱される。昨日初めて会った時も、切なくて嬉しくて苦しくて……とにかく言葉では言い表せないほどたくさんの感情がない交ぜになって、どうしたらいいのか分からなくなった。さっきのも、俺じゃない誰かが勝手に動いたみたいな気分だったんだ」

歩く速度を緩めてそれを聞いていたクリスは、ふむ……と考え込むように手を顎に当てた。

「私が知っているエリアスは、オスカリウス侯爵の嫡男で、背が低く、童顔で、遅刻魔で、ぼんやりしていて、ふてぶてしくて、他人への関心が薄い」

「突然、何だ？」

なぜクリスがそんな話をし始めたのかが分からず、エリアスは眉を顰める。すると彼は、真面目な彼らしく、嫌味も何もない真剣な瞳でエリアスを見つめた。

「エリアスに関して、私が知っているのはそれだけだということだ。だけどな、約三年ずっと一緒に仕事をしているんだ。私は、エリアスは意味なく人を傷つけるような人間ではないことを知っている。だから、その衝動にも何か理由があるんだろうと思う」

その言葉は、不安だらけのエリアスの心を軽くしてくれた。記憶がなく、存在自体があやふやな今のエリアスを肯定してくれたように感じたのだ。

「だが、仕事中はなるべく衝動を抑えるよう意識しろ。どこに犯罪に加担している人間がいるかわからないんだ。その人物が特定できていない今、グレンと問題を起こすのは得策ではない。分かるな？」

騎士団員として、感情に左右されるなというクリスの言葉はもっともだ。

「分かっている」

小さく頷いてみせたが、彼女の笑顔と、足首につけていた環が脳裏に浮かぶと途端に心がざわつく。

もし彼女が関わった場合、自分がどうなるか分からないという懸念は拭えなかった。

❀❀❀

頭が割れるように痛かった。

そしてなぜかひどく息苦しい。何かが詰まっているかのように肺が重く、息が吸い込めない。呼吸が整わず、喉がヒューヒューとおかしな音を立てる。

エリアスは、自分に何が起きているのか確かめるために重い瞼を押し上げた。

目の前に誰かがいる。無意識に手が伸びていた。

緩慢な動きにしかならなかったが、それでも必死に手を持ち上げて白い肌に触れる。

「ノー……」

彼女の名を呼んだはずなのに、空気が漏れるような音が出ただけだった。

彼女は泣いていた。

視界に入った彼女の手は、赤い何かで汚れている。

ぽろぽろと瞳から流れ落ちる涙を拭ってあげたいのに、彼女の顔まで手が上がらなかった。

瞼が重くて、目を開けていられない。

――駄目だ。

このまま気を失ったら、あいつが……！


「……っ……！」

エリアスは跳ね起きた。

慌ててあたりへ視線を走らせると、隣のベッドでルイが規則正しい寝息を立てている。

彼の胸が上下に動くのを空っぽの頭で見つめながら、今の自分の状況を思い出す。

夜、酒場での聞き込みの最中にグレンを殴りそうになり、クリスに宿へと強制送還されたのだ。そしてそのまま着替えもせずにベッドに入った。

ドクドクと鼓動が激しく鳴っている。シャツが汗でびっしょりと濡れていた。

――夢か。

人に暴力をふるう夢を見た時のような荒々しい感情ではなく、身を焼き尽くされるような焦燥で心をかきむしられるような感情が残っている。

失くした記憶、か……？

もしそうなら、俺はこの時何を思っていた？

『あいつ』とは誰だ？

そして——彼女の名前は、いったい何だった？

夢の中で自分は彼女の名前を呼ぼうとした。けれど声にならなかった。

知っているのに思い出せない。それがすごくつらい。

思い出そうとすると頭に激痛が走る。苛立ちと頭痛が同時に襲ってきて、叫び出したくなった。

早く記憶を取り戻したい。そして彼女のことをすべて思い出したい。

強くそう願っているのに、気ばかりが焦って空回りをするだけだった。

第四章

ヒューがエリアスの存在を知ったのは、オスカリウス侯爵が妻と離縁し、愛人だった女との隠し子を引き取ったという噂を聞いてからだ。それからすぐに、侯爵から嫡男の騎士団入団の申し入れを受けた。

当時、すでに違法薬物の調査をしていたヒューは、オスカリウス侯爵の動きを不審に思い目をつけていた。だからその申し出は、侯爵邸を調べる絶好の機会だと思った。

そして入団試験という名目で、侯爵邸で初めてエリアスと対面した。年相応とは言いがたい華奢な体躯《たいく》に、まだ幼さを残した可愛らしい顔をした少年。けれど、全身で警戒心をあらわにしている野生の獣のようでもあった。誰にも懐かず、触れるものすべてを叩きのめすとでも言わんばかりに、常に戦闘態勢を保っていた。

実際に、エリアスは肉弾戦に長けていた。それを知ったのは、彼が屋敷の厳重な警備を突破して恋人に会いに行き、数人がかりで連れ戻されたのを見た時だ。

武器を持っていないエリアスは当然傷だらけだったが、侯爵に雇われた屈強な男たちも無事では済まなかった。

嫡男を痛めつけることを侯爵が許可しているらしい。使い物にならなくなるのは困るが、ある程度の暴力は彼をおとなしくさせるのに有効な手段だと思っているのだろう。

血を流しながらも目の強さを失わない彼を見て、ヒューは、エリアスを騎士団に入れて仲間にしたいと思った。

彼は、鍛えれば今以上に強くなる。そう直感した。凄腕だらけの騎士団でも、すぐに頭角を現すだろう。

幸運にも、エリアスは自分を監禁するように閉じ込めているオスカリウス侯爵を恨んでいた。そんな彼なら、騎士団の捜査に協力してくれるだろうという思惑も当然あった。

エリアスを騎士団に入れる。そう決めてからは、侯爵邸の内偵よりもエリアスと意思疎通をはかることに努めた。

すると次第に、彼はヒューに心を開いてくれるようになった。過去のこと、恋人のことを話してくれた。

そして、何度目かの脱走が失敗したその日。

ただ恋人に会いたいだけなのだと、傷だらけのエリアスが沈痛な面持ちで嘆いた。気の毒に思ったヒューは、彼に、恋人への伝言はないかと聞いた。

するとエリアスは、何かを走り書きした紙をヒューに託してくれた。それは、彼がヒューを信頼してくれている証でもあった。

ヒューはエリアスの期待に応えるため、施設の見回りと称して、彼の恋人がいる孤児院を訪ねた。恋人の特徴は聞いていたので、院長の目を盗んで目的の少女に接触し、恋人の証である腕輪を確認してから手紙を渡した。

これで少しはエリアスの気持ちが晴れるかもしれない。その時はそう思っていた。

――翌日。数人の騎士団員とともに本部に戻る途中、窃盗《せっとう》犯に出くわした。

犯人はすぐに捕まえたが、途中、団員の一人が通行人の少女とぶつかり、その彼女が落し物をしていったという。拾ったと言って差し出されたそれを見て、ヒューは奇妙な偶然に驚いた。

それは、エリアスの恋人がしていた腕輪だったのだ。

すぐにでも返しに行きたかったが、窃盗犯の事情聴取や、その後すぐにあった傷害事件の処理に追われて本部から出ることがかなわなかった。

しかしその日の深夜。エリアスの恋人がいるはずの孤児院が焼失し、エリアスも負傷し、記憶を失った。

ヒューは、すぐに腕輪を返しに行かなかったことを今でも後悔していた。その日のうちに孤児院に足を運んでいれば、異変に気づけたかもしれない。そうすれば、エリアスの恋人が行方不明になることも、エリアスが記憶喪失になることもなかったかもしれないのだ。

ヒューはエリアスのためにも、そして自分のためにも、あの日のことをつきとめたいと思っていた。

❀ ❀ ❀

エリアスが酒場でグレンに殴りかかったとクリスから報告があった翌朝。

ヒューは「散歩をしてくる」とクリスに告げて一人宿を出た。

早寝早起きが習慣のクリスはすでに起き出して報告書の整理をしていたが、隣部屋のエリアスとルイはまだ起きてこない。きっとあと一時間は目を覚まさないだろう。

ヒューは町中をふらりと歩き、緑の多い景色を堪能しながら澄んだ空気を吸い込んだ。

朝食の準備を始めている家もあるらしく、どこからかふわりと香ばしい匂いが漂ってくる。

早い時間だが、釣り竿を持った老人や自警団員らしき男性、鍬《くわ》を肩に担いだ青年や桶《おけ》を抱えた女性、その他にも数人と擦れ違った。のんびりとした町だが、働き者が多いらしい。

そうして軽い散策を楽しんだ後、目的地である小さく古い家の前に立ち、素早く周りを見渡してから、立て付けの悪いドアを叩いた。

「はーい。どちら様ですか？」

まだ夜が明けて間もない時間だというのに、中からすぐに娘の軽やかな声がした。

「騎士団のヒュー・グレイヴスです」

扉の向こうに聞こえるように、大きな声で名乗る。すると、扉のすぐそばまで近づいて来ていた足音がぴたりと止まる気配がした。

娘が警戒しているのを感じ取り、ヒューは重ねて言う。

「一人で来ました」

その言葉に安心したのか、ゆっくりと扉が開いた。

「おはよう」

隙間から顔を覗かせた娘に、手を上げて挨拶をする。するとラナは素早くヒューの周りに目をやり、彼が本当に一人であることを確認してから、怪訝な顔をした。

「何ですか？」

「朝早くから悪いね。少し、話できないかな？」

笑みをたたえながらも、決して退《ひ》かない態度でヒューは言った。

「……中へどうぞ」

外でできる話ではないと悟ったのだろう。ラナは躊躇いながらも、ヒューを部屋の中へと招き入れた。

通されたのは、少し狭い印象の部屋だった。テーブルと小さなソファーがあるだけで、女性の部屋にしては飾り気のない空間である。

ソファーに座るように促されたので遠慮なく腰を下ろし、ラナがお茶の準備をしている間にポケットから袋を取り出した。

彼女が茶器をテーブルに置くのを待って、用意していた言葉を告げる。

「君は、ノーラ・カレスティアだろう」

ラナはカップにお茶を淹れようとしていた手を止めた。しかしそれは一瞬のことで、すぐに動きを再開する。聞こえなかったふりをするつもりなのだろうか。

ラナが無言で差し出すお茶を受け取ってから、ヒューは持っていた袋を開けた。

「これを見て欲しいんだ」

そう言って袋から取り出したのは、銀の環である。蔦が絡まったような複雑な細工のそれは、今、彼女が足につけているものよりも少し細めだ。

それを目にした瞬間、ラナは大きく目を見開いた。

「どうしてこれを……」

呟いた彼女は、鈍く光る銀の環を食い入るように見つめている。

その様子で確信した。彼女はこの銀の環を知っている。

「君は、ノーラだな」

ヒューが断言すると、ラナ――ノーラは黙り込んだ。

肯定はしない。けれど否定もしない。それは、自分が『ノーラ』であると認めたということではないか。勝手にそう解釈し、ヒューは逃げ道を塞ぐように言い募る。

「これ、君が足につけているのと同じ細工じゃないか？　太さと環の大きさが違うだけの同じ環だ。どう見ても対のものだよな」

「…………」

「三年前、騎士団に入団予定だったエリアスのことを調べた。その関連で、君のことも調べたんだ」

「…………」

「商人であった君の両親は、仕入れ先から帰って来る途中、馬車ごと崖から転落して亡くなったそうだね。その後、幼かった君は親戚に全財産を奪われ、孤児院に入れられた。そしてそれから数ヵ月後、下町で暮らしていたエリアスも母を失い、オスカリウス侯爵邸に入れられている。侯爵の正妻には子供ができなかったし、過去数人いた侯爵の愛人の子供で男なのはエリアスだけだったから、無理やり嫡男として引き取られたのだろう。その後なんらかの事件が起こり、エリアスは記憶を失い、同時に君は姿を消した」

ヒューが言葉を重ねる度に、彼女は視線を落としていく。反論しないということは、ヒューの調査どおりだということだろう。

「俺は君が足につけている環……腕輪をエリアスに見せられたことがあるんだ。対になるそれの片方を恋人がつけていると言っていた。これは、ノーラ……君のものだろう？」

銀の環をノーラの目の前で小さく振ってみせる。すると彼女は、最後の足掻きとばかりに固い声を絞り出した。

「私はラナです」

否定する彼女に、ヒューは首を振ってみせる。

「ラナというのは、数年前に事故で亡くなった孤児院の子供の名前だ。君と彼女は仲が良かったそうだな」

敢えて淡々とした口調で告げたヒューに、彼女は僅かに眉を寄せた。そしてふっと小さく笑う。

「……そんなことまで調べたんですね」

このことに関しては、調べたというよりは知っていたというほうが正しいが、それを彼女に言う必要はない。

これ以上言い逃れはできないと悟ったのか、彼女は観念したように腰を下ろすと、銀の環をつけているほうの足を撫でた。

「これを見られたのは失敗でしたね……」

「やっぱりこれは君のか。足につけているのは元々エリアスの腕輪だよな？」

確認するように問うと、ノーラは小さく頷いた。これで、彼女がエリアスの恋人のノーラであるということが確定した。

ヒューは腕輪をテーブルに置いた。ノーラに返すために持ってきたのだ。

しかし彼女はそれに手を伸ばすことはなく、ただじっと見つめるだけだった。

「なぜあなたがこれを持っているのですか？」

ノーラが不思議がるのは当然だ。当時、ヒューと彼女に接点はなかった。まったくの他人であるヒューがこの腕輪を持っているのはおかしい。彼女がそう思うのも無理はない。

けれど……。

「俺を覚えていないか？　エリアスの手紙を渡すために孤児院に行った時、一度会っているんだけどな。その時、君がエリアスとおそろいの腕輪をしているか確認したはずだ」

その時のことを思い出したのか、ノーラは目を見開いてヒューを見つめた。

「あ……」

「その翌日のことだ。昼過ぎくらいだったか……君、騎士団の人間とぶつかっただろう？　君とぶつかった男がこれを拾ったんだ。俺はこの細工に見覚えがあったから、次の日に君に返しに行こうと思っていたんだが、その日の深夜に孤児院は焼失した」

その言葉に、ノーラの目が泳いだ。彼女の様子をじっと観察しながら、あの時……とヒューは続ける。

「孤児院は燃えて、院長と子供たちが忽然《こつぜん》と姿を消した。院長が子供たちを連れてどこかに行ったのか、それとも、他の誰かが何かしらの証拠を消すために院長と子供たちをどこかに移動させて孤児院に火をつけたのか。どちらだろうな？」

再びノーラの視線が下を向いた。太ももの上に置いた手がもじもじと動いている。

彼女は知っているのだ。誰が何のためにそれを実行したのかを。

「エリアスの記憶が失くなったのもちょうどその頃だ。……教えてくれ、ノーラ」

ヒューは身を乗り出し、なるべく優しい口調で訊いた。

「孤児院で何があったんだ？　エリアスが記憶を失って、孤児院にいた人間が全員姿を消したなんてどうにもタイミングが良過ぎる。君は何かに巻き込まれたんだろう？」

しかしノーラは俯いたまま何も答える気配はない。

「あの院長には黒い噂があった。違法薬物に手を出しているという噂だ。実際に院長に薬を使われた人間もいる。当時、院長の様子がおかしかったことはないか？」

ノーラはきつく唇を噛み締めた。薬物の話に驚かないということは、そのことを知っていたということだ。

ヒューは、俯いたまま沈黙を守るノーラの微かに震える睫毛《まつげ》を見つめる。

「孤児院にいた君以外の人間がどこに行ったか知らないか？　いくら捜索しても結局見つからなかったんだ。そして、違法薬物についてもあれ以来出回らなくなった。孤児院を本格的に捜査する前に、そこに残っていたであろう証拠は火事で焼かれ、証人もいなくなり、捜査はほとんど振り出しに戻った。別の証拠を探さなければならなくなったからな」

「…………」

「俺は、行方不明になった子供たちは薬物のことを知っていたか、それとも薬物の実験台にされたかで、院長とともに殺害されたんじゃないかと思っていたんだ。でも君はここで生きている。……君だけは特別だったということか？　それとも、君が一人でここにいるように、他の子供たちもバラバラに各地で生きているのか？」

ノーラの眉間に僅かな皺ができる。言いたいことはあるのだろう。けれどノーラは口を開かない。

その様子を見る限り、いくら待っても彼女は何も証言することはないだろうと分かった。小さく溜め息を吐き出したヒューは、孤児院関係の情報を聞き出すことは諦め、話題を変えてみることにした。

「分かった。もう孤児院のことは訊かない。じゃあ、これなら答えてくれるか？　君はエリアスに記憶がないのを知っているのか？」

すると、それまで頑なに口を開かなかったノーラが、小さく「はい」と答えた。

この話題なら、口止めされていないのだろう。

ヒューは慎重に言葉を選んで尋ねた。

「だったら、なぜ恋人だと名乗り出ないんだ？　君が以前のようにエリアスに接すれば、記憶だってすぐに戻るかもしれない」

ノーラが下唇を噛んだ。痛々しいその表情から、エリアスの記憶が戻るのは彼女にとってよいものではないらしいと推測できた。それでもヒューは重ねて問う。

「エリアスの記憶を戻したくないのか？」

「戻ったら困るんです」

強い口調でノーラは答えた。濃茶の大きな瞳がキッとヒューを睨む。

「なぜだ？」

ヒューは強い瞳で見返した。

恋人の記憶が失くなったら、すぐにでも思い出してもらいたいものじゃないのか。自分のことを忘れられて傷つかないわけがない。それなのにどうしてそれを拒むのか。

ノーラは、ヒューを睨んだまま固い声で告げた。

「私は、ダネルさんからお金を受け取りました」

「何？」

返ってきた答えは、予想外のものだった。

ダネルというのは、オスカリウス侯爵邸の執事の名前だったはず。エリアスに会いに行った時に彼とは何度か話をした。穏やかそうで物腰が柔らかな壮年の男だ。

「私はあの火事の日、孤児院で起きたことは何も知りません。エリアスが記憶を失ったのも偶然なんです。でもそれがダネルさんには都合が良かったようで、侯爵家の嫡男であるエリアスと孤児の私では釣り合わないから姿を消してくれと言われました。私は大金と引き換えにそれを了承したんです。二度とエリアスに会わない。それがダネルさんとの約束です」

「本当に？」

信じられず、ヒューは大きく目を見開く。するとノーラは立ち上がり、隣の部屋へ行って何かを持ってきた。そして、手の中にある厚い革の袋を開けてテーブルの上に大量の金貨をぶちまける。

「これが証拠です」

それは本物のお金だった。庶民が休まずに一生働き続けても得ることのできない大金だ。二の句が継げないヒューに、ノーラは「これで分かったでしょう？」と抑揚のない声で告げる。

「私は、エリアスよりもお金を選んだんですよ」

その言葉が本当なら、彼女がエリアスを避ける気持ちも分かる。

けれど、その言葉が彼女の本心だとはどうしても思えなかった。彼女は終始感情を押し殺した表情をしていたからだ。

「エリアスは何も思い出さないほうがいい。生まれ変わったと思って、新しい人生を歩んだほうがいいんです。今のエリアスは、以前と比べてとても穏やかで楽しそうだもの。あなただってそう思うでしょう？」

問われ、ヒューは少し考えてから素直に頷いた。

「……そうだな。記憶を失う前のエリアスより、今のエリアスのほうが穏やかだとは俺も思う。以前は、凶暴で扱いにくかったからな」

しかし何日もオスカリウス侯爵邸に通っているうちに、現状に対する不満を吐露するようになり、そのうちいろいろと話をしてくれるようになった。

彼はごく普通の少年だった。勉強は嫌いだが、恋人に良いところを見せたいがために、本をたくさん読んで知識を得ているのだと言った。

亡くなった母親のことも話してくれた。母親を助けるために幼少の頃は毎朝近所のパン屋の手伝いをし、体が大きくなってからは力仕事を頑張ったらしい。彼は幼い頃から父親が誰であるかを知っていた。口さがない周囲の人間から聞かされたのだ。

母親が病気になった時も、エリアスは朝早くから夜遅くまで懸命に働き、治療費を稼いだ。しかしそれでも高い薬を買い続けることができなかった彼は、悩んだ末に苦渋の決断をした。オスカリウス侯爵に助けを求めたのだ。しかし侯爵邸で門前払いをされ、父親に会うことすらできず、結局母親はろくな治療も受けられずに亡くなってしまったそうだ。

親思いの優しい少年だ。けれど彼の恋人に対する愛情は異常とも言えるほど重かった。

彼女に声をかけた男は問答無用で殴り、ひどい時には腕を折ったことがあると言うのだ。

自分以外の男が彼女に近づくのが嫌で、もし誰かが彼女に触れようものならその男を殺してしまうような勢いだった。

そんな常軌《じょうき》を逸しているエリアスだったが、苦労して距離を縮めた分、ヒューは弟のように感じていた。記憶を失った後も、その気持ちは変わらない。

「あの頃のエリアスは……ひどく荒んでいたな。けど、記憶を失って不安定だった時を過ぎるとすごく穏やかになった。だから思い出さないほうがあいつのためだと、確かにそう思う気持ちはある」

そんな思いがあったのも確かだったから、エリアスには何も告げずに一人でここに来たのだ。でも……。

「でもな、もしあいつが記憶を取り戻したいと言うなら俺は協力しようと思っている。君の言うことが嘘でも本当でも、エリアスはその事実を知るべきだ」

真っ直ぐにノーラを見つめて宣言すると、彼女は眉を寄せ、肩を落とした。

「そうですか」

一言呟き、ノーラは立ち上がってヒューに背を向ける。その小さな背中が悲しそうに見えた。

「君は……まだエリアスのことが好きなんじゃないか？」

何とも思っていないのであれば、もっと平気な顔でいられるはずだ。確信を持って尋ねたが、ノーラは振り返ることなく静かな口調で答えた。

「あの日、エリアスと私は一度死んだんです。もしエリアスが記憶を取り戻したら、私はエリアスにとって重荷《おもに》にしかならない。だからその時は……死ぬ覚悟でいます」

質問の答えとしては少し的外れだが、それは彼女がエリアスのためなら死ねると言っているのも同然ではないか。

やはりノーラの気持ちは変わっていないのだ。しかしそれよりも、

「死ぬ覚悟?」

思わず尋問するような声音になってしまった。

エリアスの重荷にならないために死ぬ。それはどういう意味だ?

しかし、彼女は答えない。答えられないのかもしれない。

ノーラは無言で扉に向かい、ヒューに退室を促した。

「エリアスには、私のことは言わないでください。その腕輪も捨ててください。それがエリアスのためなんです」

振り向いた彼女は、にっこりと笑みを浮かべた。

もうこれ以上この話はするなと言うことか。彼女の笑顔に厚い壁を感じる。

仕方なく、ヒューは腕輪を手に取った。

結局彼女はこれに一度も触れなかった。最初から受け取るつもりはなかったのだろう。

促されるままに出口へと向かい、ノーラの隣に立った時、ヒューはふと昨夜のクリスの報告を思い出した。

「グレンが君に求婚しているようだね。君はそれを受けるのか？」

僅かにノーラの瞳が揺れたような気がしたが、すぐに彼女は笑みを深くして小首を傾げた。

「受けるかもしれませんね」

答えると、彼女はヒューを追い出すように強引に扉を閉めた。

大きな音を立てて閉まった扉を見つめ、ヒューは思案する。

ノーラはダネルから大金をもらうためにエリアスの前から姿を消したと言う。

彼女の言う『あの日』とはいったいいつだろうか？

三年前、エリアスが記憶を失う原因となった怪我を負った日か？

エリアスが記憶を失う原因となったのは、彼女なのか？

だから、傷つけたことを気に病んでエリアスの前から姿を消さざるを得なくなったということか。

でも――。

ダネルから大金を受け取ったなら、なぜこの国を出なかった？

本気でエリアスに会わない気なら、他の国に行ったほうがいいと分かっているはずだ。

ということは、ノーラがこの町にいるのには何か理由があるのだろう。

彼女は何かに縛られている、と考えるのが妥当か。多分、彼女は監視されていて、何かに利用されようとしている。

そして彼女もそれを知っているようだ。

理由は分からないが、何にせよ——。

「本当に縁を切りたいなら、なんでエリアスの腕輪を身につけてるんだよ……」

なあ、ノーラ？

❀　❀　❀

聞き込みを続けて数日が経ち、その日は、ルイが例のものを手に入れて宿へと戻って来た。酒場の男が話していた、小瓶に入った液体である。

ヒューはルイからそれを受け取ると、蓋を開けてクリスに渡す。するとクリスは液体の匂いを嗅ぎ、荷物の中から取り出した紙に液体を垂らして反応を見ると大きく頷いた。

「ルイ、よくやった。三年前まで出回っていたものと同じ成分の薬だ。間違いない」

薬に関しては、騎士団では一番クリスが詳しい。だからヒューが他の隊から彼を引き抜いたのだ。

クリスのお墨付きをもらったルイは、腕を突き上げて全身で喜びを表した。

「やった〜。これでやっと尻尾から本体まで手を伸ばせたって感じですかね〜」

すぐに事件解決かも！　と調子に乗るルイに、ヒューが苦笑する。

「この町で違法薬物が出回っていることは確認できたが、まだ尻尾の先に触れたくらいだ。売人を捕まえないと何も始まらない」

「売人なら、それを俺に渡してきた奴が明日紹介してくれることになってますよ〜」

さらりとルイが言った。

「それを先に報告しろよ。……しかし明日か」

ヒューは、眉間に皺を寄せた。

「表向きの視察の日程が明日で終わりだからな。明後日には王都に一度戻らなければならん。下手に騒いで王都に戻っている間に逃げられると困るが……。ルイ、うまくやれるか？」

「任しといてくださいよ〜。警戒されないようにちゃんとやりますって〜」

相変わらず緊張感のない返事にヒューは呆れたようにため息をつくが、ルイの髪をわしゃわしゃとかきまぜ、頷いた。

「まあ、お前の仕事は信用してる。じゃあ、明日の午前中はこの町で最後の視察先に行き、表向きの仕事をこなす。ルイはその後、売人と接触してみてくれ。もし何か摑めそうならルイだけはあと数日残れ。一人ぐらいなら残る理由はいくらでも作れる。クラウスの部下も数人来ているから合流するといい。俺たちは、予定通り帰りの支度だ。クラウスも何かを摑んでいる頃だろうし、一度王都へ戻るぞ」

ヒューの親友であり次期宰相候補のクラウスは、ネノスの町で麻薬が出回っていることを知り、町と何らかの関係を持つ貴族の情報を集めていた。

「この機を逃さず、黒幕を追い詰めるぞ」

ヒューは、クリスからルイへと視線を移し、最後にエリアスを見る。

ヒューの目を真っ直ぐに見つめ返したエリアスは、決意を込めて大きく頷いたのだった。

第五章

エリアスが彼女に出会ったのはまだ母親の手伝いもまともにできないほど幼い頃だった。いじめっ子から助け出してくれたのだ。その彼女を、今度は自分が守るのだと決心し、男としての自覚が芽生えてから、長い月日が経った。

母親との貧しい生活は続いていたが、体が大きくなって力仕事ができるようになったので、家計を助けることができるようになった。

彼女は数年前に、事故で両親に先立たれていた。両親の葬儀の後、彼女は近くの親戚の家に身を寄せることとなり、落ち着くまで会うことができなかった。

しかし、そうして二人が会えないでいる間に、彼女は親戚に全財産を奪われて孤児院に入れられていた。

エリアスがすべてを知ったのは、彼女が孤児院で生活するようになり、そのことを伝えるために会いに来てくれた時だった。

すぐにエリアスはその親戚の家に抗議に行った。しかしすでにそこはもぬけの殻になっていて、彼女が受け取るはずだった財産ごと消えていた。

どこに訴えても、子供の言うことなど誰も取り合ってくれなかった。やり場のない怒りを爆発させるエリアスに、騙された本人である彼女が言った。

「私にはエリアスがいてくれる。それだけで十分よ」

本当は悔しくて悲しいだろうに、そう言って微笑む彼女が堪らなく愛おしかった。それからエリアスは、これまで以上に、誰よりも何よりも彼女を大事にした。

それからさらに数年経ち、エリアスと彼女は、ベッドの上で向かい合っていた。

そこは、衣装箱と棚、そして小さなベッドが置いてあるだけの狭い部屋だった。

「どうしよう……ものすごく緊張する」

彼女の華奢な肩を抱き寄せたエリアスは、そう言ってきつく眉を寄せた。

「私も緊張してる。ほら、手が震えてるもの」

彼女も頷き、小刻みに震える手をエリアスの前に差し出した。

うっすらと桃色に染まる小さなその手をそっと握り、エリアスは彼女の顔を覗き込んだ。

「怖い？」

「うん……でも、大丈夫」

朝まで一緒にいる、と彼女は頬を赤くして言った。その顔が可愛くて、愛しさが胸の奥底から湧き上がってくる。

エリアスはゆっくりと顔を近づけると、唇を重ねた。そしてお互いの緊張を解くために、何度か押しつけては離すのを繰り返す。

チュ…チュ……と遊ぶような口づけをしていたら、彼女が小さく笑う気配がした。薄く目を開けて彼女の反応を見ていたエリアスは、不安げに眉が寄せられていた彼女の表情が穏やかになっているのに気づく。いい具合に肩の力も抜けているようだ。

彼女につられるように、エリアスの余分な力も抜ける。すると雰囲気は途端に穏やかなものになった。

緊張が完全に解れたわけではないが、焦らずに先に進めそうだ。

エリアスは温かく柔らかな唇を食む。そして僅かに開いた唇からするりと舌を侵入させた。

初めて彼女と唇を重ねた日は興奮して眠れなかったというのに、今では彼女の反応を見る余裕ができていた。

舌同士が触れると、彼女は僅かに身じろぎする。けれどすぐに、舌先に力を入れて応えてくれた。

まだ拙い、探るような口づけだ。

彼女の体は華奢で脆く、自分の体は頼りない。それでもひとつになりたいと思うこの気持ちは罪だろうか。

舌同士をくすぐるように絡めた後、エリアスは唇を離し、潤《うる》んだ瞳でこちらを見つめる彼女と視線を合わせる。

「ノーラ」

エリアスは彼女を呼んだ。それは、優しく可愛らしい響きの名だった。

そう、彼女の名前はノーラだ。ふと、そう理解した。

そして今、自分は夢を見ている。それなのに、頭の中にかかっていた靄が一気に晴れた、もしくは、意識がエリアスのもとに戻ってきた、そんな感じがした。

どうして今までノーラの名前を忘れていたのだろう。

ハンカチを返した日から数日間、ノーラに会えないでいる。家に行っても留守だし、町でも見かけない。

避けられているのだ。それは分かった。

——そうだ。ハンカチを渡した日、彼女はエリアスに対して素っ気無い態度だった。けれど、今目の前にいる彼女は雰囲気が違う。

よく見れば、数日前に見た彼女とは髪の長さも身長も違った。今、エリアスの目の前で微笑んでいるノーラの栗色の髪の毛は背中の半ばくらいまで伸びていて、背も縮んでいる。顔も若干幼く、表情が豊かだ。そして何よりも、エリアスに笑みを向けてくれる。

……ということは、これは失っていた記憶の一部、ということだろうか。願望が作り上げた妄想でなければ、の話だが。

目の前にいるノーラのすべてを目に焼き付けようと凝視していたせいか、彼女は恥ずかしそうに目を伏せた。恥らうその顔が可愛くて、ふと自分の口元が緩むのが分かった。

「ノーラ」

呼びかけると、彼女は返事の代わりにエリアスの肩に額を押しつけてくる。

エリアスはノーラの後頭部に手を当て、華奢な体をゆっくりとベッドに押し倒した。

先ほどよりも更に頬を赤らめて、ノーラは少しだけ困ったような顔でエリアスを見上げる。その瞳をじっと見つめたまま、エリアスは顔を近づけた。

唇が触れると同時に、ノーラの瞼が閉じられる。長い睫毛が微かに震えた。

可愛い……。

そう思うのは何度目だろうか。数え切れないほどエリアスはノーラにときめいている。

彼女が可愛くて可愛くて仕方がない。

愛しい気持ちで胸をいっぱいにしながら、唇を啄《つい》ばむ。すでに先ほどのように彼女を気遣う余裕はなくなっていて、すぐに舌を差し入れた。

ノーラは慌てたように口を開き、エリアスを受け入れてくれる。

舌同士が触れると、じんわりとした快感が全身に広がって行った。それだけでは足りなくて、表面を擦るように舌を絡める。

「……ぅん……」

　重なった唇の僅かな隙間から甘い声が漏れ聞こえ、エリアスは一気に体が熱くなるのを感じた。

　もっと聞きたい。

　その欲求のままに、胸へと手を伸ばす。薄い布越しでも、柔らかな感触が手に伝わった。

　こうして意識的に触れるのは初めてで、その弾力のある感触に興奮し、思わず力を入れて握ってしまう。すると、

「痛……っ」

　ノーラが小さな悲鳴を上げた。エリアスは慌てて体を離す。

「ごめん」

　強張っている頬を撫でながら謝ると、ノーラは小さく首を横に振ってエリアスを見た。

「だい……じょうぶ」

　怯えたように潤んだ瞳をしている。とても大丈夫そうには見えないけれど、それでも受け入れようとする彼女がいじらしい。

　これ以上怖がらせないように、今度はそっと胸に触れる。そして優しくゆっくりと揉《も》んだ。

「痛くない？」

顔を覗き込んで問うと、ノーラは頷いた。

力の加減が分からないので、彼女の反応を見ながら両方の乳房を下から揉み上げて行く。するとと次第に、中心部で何か引っかかるようになった。手のひらに伝わるその感覚を確かなものにしたくて、エリアスはノーラのワンピースの胸元にある結び目を解く。紐を外すとそのまま肩から脱げる作りのようだ。

「脱がせていいか？」

問いながらもワンピースに手をかけ、するりと肩口まで下ろしてしまう。気が急いているのだ。

ノーラが体を起こして協力してくれたため、ついでに自分も服を脱ぎ捨て、二人とも一糸まとわぬ姿になった。

裸体を隠すように縮こまっているノーラを抱き締め、再びベッドに押し倒す。

胸を覆っている彼女の手を摑んで引き剝がし、小ぶりだが張りのある胸を見つめ、恐る恐る触れた。服の上から触った時よりも柔らかさが増したような気がする。

エリアスは初めて直に触れる乳房に夢中になった。小さな乳首をきゅっと摘む。上を向いたそれが誘っているように見えたのだ。

途端に、ノーラがびくりと体を震わせる。

「ここ、気持ちいい？」

「……多分」

ノーラは目線で頷く。どういう感覚が気持ちいいのか、彼女自身まだ分かっていないのだろう。戸惑いながらも熱い息を吐いていた。

乳首の先を指の腹で撫で、押し潰す。押し返される感触が不思議で、何度も繰り返した。

「……ぅ……ん……」

吐息とともに漏れるのは、話す時よりも高く甘い声だ。その声を聞くだけで、胸が高鳴る。

エリアスはそっと乳首を唇で挟んでみた。

「え……？」

ノーラが驚いたように目を開けた。上目遣いで彼女と視線を合わせながら、ぺろりと舌で舐める。そして舌先で固くなった乳首をぐりぐりと押し潰し、ちゅっと吸い上げた。

ノーラの眉間に皺が寄る。苦しそうに見えるが、痛みを堪えているわけではないようだ。

その証拠に、声がまた一段と高くなった。

次は……とエリアスはノーラの秘部に手を伸ばす。どういう構造なのか詳しくは知らないので、壊れ物を扱うように優しく触れてみた。

……ない。

当然だが、自分についているようなものは一切なく、平たい。そんなことは知っていたけれど、男女の違いというものをはっきりと自覚した。

愛しいノーラの秘められた場所に触れていると思うだけで興奮は増し、焦る気持ちを無理やり抑え込みながら筋のような割れ目を撫でる。窪んだ感触がしたあたりが、ほんの僅かだが湿っている。

ここに挿入するんだ。と本能で分かった。

もちろん、もっと濡らさなければ入らないという知識はある。年頃になると、そういう性の知識はどこからともなく入ってくるものだ。

エリアスは体をベッドの下方へずらすと、ノーラの両足を摑み、左右に広げた。

その無防備な格好に小さな抵抗を示したノーラだったが、すぐにおとなしくなった。両手で顔を覆い、エリアスのすることを見ないようにしている。

自分に身をゆだねてくれている。それが嬉しかった。

どんどん大きくなる愛しい気持ちを胸に、エリアスはノーラの秘部に舌を這わせる。滑りが足りない時は、唾液で補えばいいと誰かが言っていた。それを実践するためだった。

下から上に何度も舌を往復させ、時折、窪んだ入り口に尖らせた舌を差し入れる。すると、少しずつだが中から液体が溢れ出てきた。エリアスはそれを丁寧に舐め取る。

「……ぁあ……っ…エリアス……」

身を震わせたノーラが、甘い声でエリアスの名を呼んだ。その声で我慢の限界がきた。

「駄目だ。我慢できない」

勃ち上がった自身のものが、先ほどからずっと痛いほど張り詰めている。

エリアスは体を起こして、猛りを入り口に押しつけた。ぐっと力を入れて中に押し込もうとするが、ぴたりと閉ざされたそこは拒むように押し返してきた。再び窪みに亀頭を当てようとするが滑ってしまう。

「……入らない」

焦りのせいか、膣口に狙いを定めることができなかった。意図的ではないが、自身から出ている体液を塗りつけるように割れ目の上から下を行き来している。

それだけでも敏感な部分が刺激されて、少しまずい状態になった。

無理やりにでも押し込んでしまおうと、自身を手で支えて、お互いの体液が混じり合いぬるぬるになった膣口に押しつける。すると僅かにノーラの体内に猛りが入り込んだ。

「私、どうすれば……」

時間がかかっているせいか、ノーラが不安げにエリアスを見つめてくる。

「大丈夫。そのままでいい。……力むな。もう少しで入るから」

彼女の不安を取り除くためにもなんとか落ち着こうと息を吐き出しながら冷静に告げる。するとノーラはうんうんと頷きながら、懸命に力を抜こうと深呼吸を繰り返した。

その姿があまりにも健気で可愛くて、好きだという感情が一気に溢れ出した。

可愛い。可愛い。なんて可愛いんだ……！

「あ……」

気持ちが一瞬で膨れ上がったせいか、まだ亀頭が入り切っていないというのに、感情と連動して精も爆発してしまった。

勢いよく飛び出した白濁が、ノーラの秘部を汚す。

「……エリアス？」

何が起きたのかノーラは分かっていないようだ。不思議そうな顔をしている。

……失敗した。

気持ちが昂ぶって、挿れる前に出てしまった……。

しかし、落ち込んだのは一瞬だった。猛りがまったく力を失っていないのに気づいたのだ。

まだ大丈夫だ。

自信を取り戻したエリアスは、白濁の滑りを利用して猛りをぐっと奥へと押し込んだ。

「い……た……」

先の部分が膣内に入り込むと、ノーラが小さく呻いた。

眉間に深い皺が寄り、目はきつく閉じられている。食い縛った歯の奥から苦しそうな声が漏れ、ノーラがどれほどの痛みを我慢しているのかが分かった。

ノーラの全身に力が入っているからか、膣内も痛いほどにきつい。

こんなにぎゅうぎゅうに締め付けられると痛くて動けない。

「……っっ……」

「……ぅ……エ、リアス……いた、いぃ……」

ノーラの瞳からぼろぼろと涙が流れ出す。その姿があまりにも痛々しくて、エリアスは慌てて彼女を抱き締め、唇で涙を吸い取った。

「ごめん、ノーラ。痛い思いをさせてごめん。すぐに抜くから」

これ以上ノーラに苦痛を与えたくないと強く思い、エリアスは自身の猛りを引き抜こうと腰に力を入れる。

しかし、ノーラの腕がそれを阻止した。彼女はエリアスの首に腕を回し、ふるふると首を振る。

「抜か、ない……で。エリアスと一つになれて、私、嬉しいの……」

苦痛に耐えながら、ノーラは微笑んだ。

一瞬、心臓が止まったかと思った。痛くてつらいだろうに、ノーラは無理をして嬉しいと言って笑ってくれたのだ。そんな彼女がいじらしくて胸が苦しい。

初めて会った時、ノーラは、近所の子供たちにいじめられていたエリアスを助けてくれた。その時のノーラはフリルたっぷりのワンピースを着ていて、きっと花の妖精なのだと思った。

今思えば、前夜に母親が話してくれた物語の中に妖精が出てきたから、服も髪もふわふわとしていた彼女を見てそう思ってしまったのだろう。

彼女はエリアスに手を差し伸べて、傷口にハンカチを当ててくれた。その温かな手は生身の人間のもので、妖精ではないのだと分かった。

こんなに優しくしてくれたのは、母親以外ではノーラだけだ。

周りが馬鹿にするほどみすぼらしい格好をしていたエリアスを見ても、彼女は決して嗤わなかった。綺麗な服が汚れるのも構わずに、エリアスのシャツについた土を払い、無邪気に微笑みかけてくれる。

普通の人間として扱ってくれた。それがどんなに嬉しかったか、彼女は知らないだろう。

ノーラはそれからもエリアスを守ろうとして、いじめっ子に立ち向かってくれた。震えながらも気丈に振る舞うその後ろ姿を見て、エリアスは決心した。

これからは自分がノーラを守るんだ、と。

その思いだけで、エリアスは強くなった。

我ながら単純だと思う。けれど、彼女がエリアスの生き方を変えてくれたのだ。明るい未来を抱かせてくれた。

一生大事にしよう。

元々そのつもりではあったが、より強くそう誓った。

「俺も、すごく嬉しい」

お互いに初めてのため、失敗を重ね、手探り状態で肌を合わせて、やっと繋がることができた。これ以上嬉しいことはない。

「早く終わらせるから、もう少し我慢して」

我慢を強いているのに、ノーラは微笑みながら頷いてくれる。

涙が止まらないノーラを宥《なだ》めるように口づけをし、エリアスはゆっくりと腰を動かした。

会話をして落ち着いたせいか、挿入直後よりも力が抜けているので動きやすい。

まだ痛そうではあるが、ノーラはそのことを口にはしなかった。

「ノーラ……好きだ」

好きで好きで仕方がない。

唇を離さずに告げると、ノーラは小さく頷いた。

「私も好き。好き、エリアス」

ノーラの吐息が唇に触れる。くすぐったいその感触と、ノーラに包まれているという快感から、エリアスは結局それから数回腰を動かしただけで精を吐き出した。

白濁をすべて吐き出してから、エリアスはノーラの体を抱き締め、ぐるりと体勢を入れ替える。

背中に感じるシーツの感触と、上に乗っているノーラの重みに、これは現実なのだとほっと息を吐き出した。

こんなに幸せでいいのだろうか。

嬉しくて幸せで、涙が出そうだ。

しばらくして、ぐったりとエリアスに体を預けていたノーラが身じろぎした。気を失っていたわけではないらしい。

エリアスの上から降りようとしているノーラの手助けをしながら、エリアスはふと思い出した。そしてベッドの脇にある棚に手を伸ばし、置いてあった箱を手にする。

「これを受け取ってくれ、ノーラ」

言って、エリアスが箱から取り出したのは、精巧な蔦の模様の細工が施してあるおそろいの腕輪だ。ノーラには細いほう。そして自分はやや太いほうの腕輪をつける。

「この先何があっても、死ぬ時は一緒だ。ノーラが先に死んだら、すぐに後を追う。俺が先に死ぬ時は、ノーラを連れて逝く」

それは、この先をともにするという宣誓だった。

ノーラは最初戸惑ったような顔をしたが、すぐに笑顔になった。

エリアスもつられて笑みを浮かべながら、ノーラの額にキスを落とす。

最近仕事を増やしたので、少しずつ蓄えができるようになった。結婚してもなんとか生活できるだろう。彼女が好きな果物や新鮮な魚をなるべく多く食卓に出せるようになるともっといい。

けれどその前に、ノーラに花嫁衣裳を着させてあげたい。高価なものは無理だが、可憐な彼女に似合うドレスを贈りたいのだ。

エリアスは幸せな未来を描きながら、ノーラをきつく抱き締めた。

「ノーラ……俺から離れるな」

この先、何があっても――。

❀　❀　❀

ノーラは町の中心部にある市場へと向かっていた。

森に入ると、珍しい山菜ときのこ、それと薬草が手に入ったので、青果店と薬屋の店主に届けるためだ。

最近は、町中で偶然エリアスに会わないように、長い時間森に入って薬草や花を摘んでいた。

山はいい。エリアスには会わないし、山菜やきのこや木の実も採れるので食費が浮く。

それにこうして珍しいものを見つければ、高値で買い取ってもらえるのだ。

薬屋で薬草を買い取ってもらったノーラは、周りを警戒しながら、人通りの多い場所にある青果店へとやって来た。

「ミーナさん、約束どおりに山菜ときのこを持ってきたわ」

以前ミーナの店で野菜を安く分けてもらい、その時に約束した山菜ときのこを採ってきたのだ。

「あらあら、これはすごいわね」

籠の中を覗き込んだミーナは、嬉しそうに顔を綻ばせた。

子供の頃からエリアスと野山を駆け回っていたので山のことには詳しい。ノーラは、山菜やきのこ、果実を採るのが昔から得意だった。孤児院にいた頃も、育ち盛りの子供たちに栄養をつけさせようと、よく一人で山へ入ったものだ。

「これなんて、よく見つけたわね。これだけ大きなものなら、王都に持っていけばここよりもっと高値になるわよ」

ミーナが目が丸くしたのは、芳醇な香りがするきのこだ。採ろうと思ってもそう簡単に採れるものではなく、よほど山に詳しい人間でないと生えている場所は分からない。独特なその香りが好まれ、高値で取り引きされるものである。

特に王都では貴族が好んで買っていくため、常に品薄状態なのだ。

王都は他の地域よりもやや物価が高い。だから昔、エリアスがまだ母親と二人暮らしで貧乏だった頃、それに目をつけた彼は、山に入ってこのきのこを採ってきては青果店に高値で売りつけていた。

それを見つけた時のエリアスの得意げな顔を、今でもはっきりと思い浮かべることができる。

楽しかったあの頃を思い出し、ノーラは小さく微笑んだ。

しかし思い出に浸っている場合ではない。この通りは宿が多く、この町以外の人間がよく使う道だ。エリアスたちも通る可能性が高いので、早くこの場から立ち去らなければならない。

ノーラは大量にある山菜ときのこを急いで籠から取り出し、ミーナの持っているざるに移す。

「ブラントさんにはもう渡してきたから、残りは全部置いて行くね」

この町にやって来て間もない頃、よそ者であるノーラにもとても親切にしてくれたのがブラント夫妻だ。それからずっとノーラのことを気にかけてくれている。隣町との境で牧場を営む彼らには、ここに来る前におすそ分けは済ませてある。だから籠に残っている分はすべて売るためのものだった。

「いつもありがとうね。ラナが採ってきてくれるものは質が良くて評判がいいのよ」

食べ盛りの子供が三人もいる青果店の姉さん女房は、自宅用と店用の山菜の仕分けをしてから、店の奥へ行って小さな袋を持ってきた。そしてそれをノーラの手に握らせ、にっこりと微笑む。

「これ、今日の分ね。またお願い」

山菜ときのこの売値にしては少々重い小袋に、ノーラは首を傾げる。

「少し多くない？」

念のために中を確認すると、やはりいつもより多く入っていた。戸惑っていると、我が子に向けるような優しい眼差しでミーナが笑う。

「いいのいいの。いつも良いものを持ってきてくれるんだもの。それでも安いくらいよ。これから寒くなるんだから、暖かいストールでも買ったらいいわ」

質素な暮らしをしているノーラが、数少ない服を着回しているのを知っているからだろう。

ミーナの優しい心遣いに、泣きたいような温かな気持ちが溢れてくるのを感じ、ノーラは精一杯の笑みを浮かべて頭を下げた。

「ありがとう、ミーナさん」

何度も礼を言ったノーラは、笑顔で手を振るミーナと別れると、建物のすぐ脇にある路地へ向かって歩き出す。

以前ならそのまま店の手伝いをしたりもしていたが、今はそれができない。

慎重に周囲に気を配りながら、ノーラは狭い路地を進む。すると路地の向こう側から、この町の自警団の団長であるトーマスが近づいて来るのが見えた。

「やあ、ラナ」

声をかけられ、ノーラはぎくりと肩を震わせる。

「トーマスさん……」

「どこへ行くんだい？」

にこにこと穏やかな笑みを浮かべたトーマスは、優しい口調で尋ねた。

「家に帰るところです」

「そう。くれぐれも気をつけてね」

言葉は少ないが、明らかな警告だった。ノーラは表情を引き締め、無言で頷く。

するとトーマスは、柔和な笑みを浮かべたまま去って行った。その後ろ姿を見送ってから、ノーラはまた慎重に歩を進める。

言われなくても分かっている。ノーラが個人的にエリアスに会うことは許されていないし、その資格もない。

空になった籠を胸に抱きかかえ、ノーラは足早に路地を進んだ。そして、何度か角を曲がって人気のない細い道を抜け、このまま自警団本部の裏にある道を辿れば家に着くというところまで来た時、

「視察も終わったし、これから何する～？」

と、間延びした声が聞こえてきた。聞き覚えのある声だ。

ノーラは裏道に出ようとしていた足を止め、建物の陰に素早く身を隠す。聞こえてきた声に耳を集中させた。

「俺さ、昨日、すっごく可愛い娘見つけたんだ。その娘を見に行こうかな～」

「お前はこの後も仕事があるだろ」

「分かってるって～。クリスは本当に堅物だよな。俺はそういう潤《うるお》いがないとやる気が出ないんです～」

「遊びなら手を出すなよ」

「本気なら出していいの？」

「出すな。お前は王都に帰るんだから、その娘が可哀想だろう」

「優しいな～、クリスは。でも大丈夫。可愛い娘は見てるだけで癒されるから、手は出さないよ。あ、そうだ。エリアスも一緒にその娘を見に行かない？」

「行かない」

「そっか～。エリアスはあの娘一筋だもんな～」

声が近づいて来る。

なぜ彼らがこんな裏道を歩いているのだろうかと疑問に思いながら、ノーラは見つからないように、高く積み上がった箱の陰に身を隠した。

トーマスに忠告された直後だというのに、危うくエリアスに遭遇してしまうところだった。

ヒューがノーラの家に来てから数日間、ノーラはエリアスに会うことはなかった。彼が直接ノーラの家を訪ねて来たこともあったが、居留守を使ってやり過ごしていたし、町で偶然会いそうになったら、こうやって身を隠して彼を避けていたのだ。

エリアスが今ノーラをどう思っているかは知らない。記憶は戻っていないはずなので、このまま二度と会わなければすぐに忘れてくれるだろうと思っている。

「エリアス、顔が怖いぞ。外にいる間くらいは感情を表に出すな」

彼らの足音が遠ざかり、小さくヒューの声が聞こえた。

もし彼がエリアスに、ノーラが恋人だったと話していたとしても、今のエリアスがノーラに固執する理由はない。

大丈夫だ。記憶さえ戻らなければ今のままでいられる。そう自分に言い聞かせ、ぎゅっと目を閉じる。

エリアスにはもうノーラは必要ないのだ。そしてそれに傷つく資格はノーラにはない。エリアスを切り捨てたのはノーラのほうだからだ。

落ち込む気持ちを振り払い、ノーラは彼らの足音に意識を集中した。そして完全にその気配が消えてからしばらく時間を置いた後、箱の陰から道へと出ようとした。

その時。

「ノーラ」

ふいに背後から呼ばれて、ノーラは反射的に振り向いた。しかしすぐに失態に気づく。今までノーラが身を隠していた狭い路地に、声の主はいた。

ついさっき目の前の道を歩いていた彼が、いつの間に後ろに回りこんだのだろうか。

ノーラは大きく目を見開いた。薄暗く、箱や木材が積んであるそこに悠然と立っていたのは、顔を合わせないように避けていたはずのエリアスだった。

彼の存在を認識した途端に気づく。

今、エリアスは私の名前を呼んだ？

硬直するノーラに、エリアスはゆっくりと近づいてきた。そしてかろうじて手が届くくらいの距離で足を止め、何を考えているのか分からない瞳でじっと見下ろしてくる。

記憶がないはずのエリアスがノーラの名前を呼んだ。だからてっきりすべてを思い出し、ノーラを攫いに来たのかと思った。しかしそれは杞憂《きゆう》だったらしい。なぜなら、

「魚が好きだろう？」

彼がそんな予想外の問いを発したからだ。

もし本当にエリアスが記憶を取り戻しているのなら、有無を言わさずにその腕にノーラ

を閉じ込め、今までのことを問い質すであろうことが容易く想像できる。彼は自分が見ていない間のノーラのことをすべて知りたがる。昔から独占欲が強いのだ。

そして、以前のエリアスならこんな目でノーラを見ない。ノーラの知っているエリアスは、溢れんばかりの愛情をたたえた瞳で見つめてくれていたのだ。

――まだ思い出してはいないみたい。

安心したら、今度は周りが気になった。ノーラは慌てて周囲に視線を走らせるが、狭い路地で、しかも出口を半分塞ぐように積み上がった箱の陰だ。死角になっているこの場所は、覗き込もうとしなければ通りからは見えないと気づき、ほっと胸を撫で下ろす。

改めてエリアスに視線を戻すと、彼は静かにノーラを見つめていた。

瞳に宿る感情だけではなく、目線の高さも昔と違う。落ち着いて彼と向き合って、そんな当然のことに気づく。

かつてはすぐ隣に彼の優しい眼差しがあった。けれど今は、少し見上げなければ視線が合わない。

「魚、好きだろう？」

エリアスは同じ問いを繰り返した。

なぜ魚なのだろうか？

怪訝に思いながら、ノーラは小さく頷く。

両親が生きていた頃は、商人であった父親が記念日などに新鮮な魚を買ってきてくれたのだ。王都では加工していない魚を食べることはあまりない。だから特別な日にだけ食卓に出されるそれは、ノーラにとっては肉よりも貴重な食べ物であった。

エリアスはふっと目元を緩めた。

「やっぱり……あんた、ノーラだな」

「人違いです」

なぜか確信している様子のエリアスに、ノーラはすかさず否定する。

言い方からして完全に思い出したわけではなさそうなのに、なぜノーラの名前を知っているのだろうか。

――ヒュー・グレイヴスがエリアスに話した……？

数日前にノーラに会いに来た男のことを思い出し、ノーラは眉を寄せた。しかし、エリアスは意外な言葉を口にする。

「あんたと初めてヤッた時の夢を見た。あれは、俺が失くした記憶だろ？」

ノーラは目を瞠った。驚きで一瞬言葉の内容が理解できなかった。

突然、何を言い出すのだろうか。

けれど、どうやらヒューが話したわけではないようだ。ヤッた夢というのが引っかかるが、夢を見ただけならばノーラがしらを切りとおせばいいだけの話である。

心の中だけで安堵の息を吐き、ノーラは露骨に迷惑だという表情を作る。

「夢は夢でしょ。そんなことで他人と間違われるのは不愉快だわ」

「でも、あんたはノーラだ。なぜラナと名乗っている？」

きっぱりと否定しているというのに、エリアスは「ノーラだ」と言い張る。その自信はどこからくるのか。

感情を表には出さないようにしようと思っていたのに、ノーラは思わず呆れ顔になってしまった。

「人の話を聞いている？　私はノーラじゃなくてラナ」

「違う。ノーラだ」

「人違いだって最初から言っているじゃない」

違うと繰り返すエリアスに、もういいでしょ、と言ってノーラは顔を背けた。

これ以上の押し問答は意味がない。

ノーラは踵を返した。しかし素早く腕を摑まれて動きを止められてしまう。

「……っ」

反射的にその手を力いっぱい振り払った。

しかしいくら邪険に扱っても、エリアスは引かなかった。彼はノーラの言い分などどうでもいいように、僅かに首を傾げ、すっと目を細めた。

「俺は、あの夢が本当にあったことだと確認したいだけだ」

言い終わる前に、エリアスがノーラの腕を引っ張った。もう一度振り払おうとした時にはすでに遅く、強い力で壁に体を押しつけられてしまう。そして、まずいと焦った次の瞬間には唇を奪われていた。

あまりにも素早い一連の流れに驚愕し大きく目を見開くと、晴れた日の海のように深い青色の瞳が、至近距離にあった。

直後、がちっと音を立てて歯がぶつかる。同時に、ちりっとした痛みが唇に走った。

「……い……っ……」

痛い。そう言おうとしても、呻き声しか出てこない。

エリアスが小さく笑った気配がした。吐息が唇にかかり、悪寒なのか快感なのか分からない、ぞわりとした感覚が背筋を走る。

ノーラの切れた唇を、エリアスの舌がぺろりと舐めた。そしてそのまま、口腔にそれを押し込んでくる。

ぬるりと入ってきた舌は、咄嗟《とっさ》に逃げようとしたノーラの舌を素早く絡めとった。

微かに血の味がする。

熱く強引なそれは、血液の鉄くさい味を押しつけるように、ノーラの舌の表面から裏側、そして根元まで丹念に舐め上げる。

ノーラは大きく口を開けた。そうしなければ息継ぎが間に合わないのを知っているからだ。

エリアスの舌がゆっくりと上顎をくすぐり、歯列をなぞった。じんわりと体中に巡る熱に、ノーラは身を震わせる。

このまま彼の言いなりになるわけにはいかない。

摑まれている腕を振り解こうと力を入れたが、予想どおりびくともしない。それならば、と今度は足を振り上げようとした。

けれどそれに気づいたエリアスが、昔よりも逞しくなったその体躯のすべてを使ってノーラの体を壁に押しつけてきて、余計に身動きがとれなくなってしまった。

体がぴったりと密着している。エリアスの熱が伝わってきて、自分の体温も一気に上昇したような気がした。

確認するように歯列をなぞり終わった舌は、今度は喉の奥のほうまで侵入しようとする。

そしてノーラの舌の根元から先までを何度も往復し、きつく絡め、吸い上げた。

まるでノーラの口腔のすべてを自分のものにしようとしているような彼の動きが、ノーラから力を奪っていく。

昔と変わらない口づけ。それが切なくて、でも嬉しくて、ノーラは泣きたくなった。

二度とエリアスに関わってはいけないのに、彼の体温を振り解けなかった。

エリアスの手が、唇が、舌が、どうやって触れてくるのか、この体は知っている。その懐かしい熱が、離れがたい気持ちに拍車をかけた。

しかし唐突に、エリアスは唇を離した。

ノーラをきつく抱き締めながら、押し殺した声で囁いた。

「なあ、ノーラ。グレンとは何の関係もないよな?」

以前はあまり身長も変わらなかったので、こんなふうに抱き合うと頬同士がくっついていた。なのに今は逞しくなった肩に顔を埋める形になる。そのことに気をとられていたノーラは、エリアスの言葉を理解するのに少し時間がかかった。

「もしノーラがあいつを好きだと言うなら、俺は……自分が何をしでかすか分からない」

ノーラが答えなかったせいで、彼はノーラとグレンの関係を勘違いしたらしい。低く地を這うような声でそう言って、突然、ノーラの背後にある壁を殴りつけた。ガツン、と骨と壁がぶつかる嫌な音が響く。

驚きでびくりと体が震えた。それを怯えからくる震えだと思ったのか、エリアスは途端に申し訳なさそうな顔になった。

「ごめん。怖がらせた。……俺は、以前もこんなに暴力的な人間だったか?」

正直に言って欲しい、とエリアスは懇願してくる。

エリアスはただあの頃の夢を断片的に見ただけなのだろう。だから自分が本当はどういう人間なのか分からずにいるのだ。

今のエリアスは、他人に暴力をふるったりはしないらしい。それなのにあの頃と同じ感情を持っている。それが少し怖かった。

しかしそんな顔をされても、ノーラには答えられない。自分が『ノーラ』だと認めることはできないからだ。

声には出せないけれど、エリアスの質問への答えは、はい、だ。

エリアスの独占欲が度を超して強くなっていったのは、いったいいつからなのかは覚えていない。

出会った頃は二人とも子供だったから、あまり深くは考えていなかった。

だが成長するにつれて、エリアスはだんだん暴力的になった。と言っても、ノーラに対してではなく、ノーラの周りの男たちに対してである。

ノーラが他の男と話しているだけで、彼は激昂した。相手を怒鳴りつけ、手を上げることもある。ひどい時には、腕を折ったりもした。

けれどどんなに束縛が激しくても、それがノーラを求めてくれているからだと思うと、彼から離れる気にはなれなかった。

早くに両親を亡くし、親戚に捨てられたノーラだが、エリアスが誰よりも強く愛してくれた。惜しみなく愛を注ぎ、大切にしてくれた。ノーラにはエリアスしかいなかった。だから彼と離れることなど一度も考えたことはなかった。――あの時までは。

『人殺しのあなたは、侯爵家を継ぐエリアス様にはふさわしくない』

投げつけられた言葉が、頭の中によみがえる。

そうだ。人殺しの私は、エリアスにふさわしくない。

私はこの手で、あの男を殺した。

だから。だから――。

ノーラは、渾身の力を振り絞って頭を前に突き出した。額がエリアスの顎に当たる。思った以上に衝撃が強く、大きな音が響いた。

一瞬、ノーラを押さえつけているエリアスの手が緩んだ。その隙をついて、ノーラは全力でエリアスを押しのけて駆け出す。

「ノーラ！」

すぐにエリアスが追って来る足音がした。足の速さでは彼に勝てないだろう。けれどノーラには土地勘があった。

路地を抜け、敢えて入り組んだ道を選び、建物沿いに進む。

「待ってくれ、ノーラ！」

エリアスの声が後ろから聞こえる。その声に振り返る気はなかった。

もつれそうになる足を必死に前へ動かし、小刻みに何度か角を曲がって、目の前にあった林に駆け込む。大きな木が何本も生えているそこは、身を潜めるには最適な場所だ。

そうしてなんとかエリアスの追跡を逃れられた時には、ひどく消耗していた。

荒い息を整えるために、近くにあった木の根元に座り込む。そして、震える体を両手で抱き締めた。

エリアスに流されそうになったことが恐ろしかった。

もしあのまま抱き締められていたら、感情が溢れ出し、彼に身を任せてしまっていただろう。エリアスを前にすると、どんなに制御しようと頑張っても感情が揺さ振られる。

この先、彼にさっきよりも強引にあんなことをされたら拒否できる自信がない。自分はこんなに意志が弱かっただろうか。

エリアスと会うことを許されなかったこの三年間、ノーラは感情を抑えながら生活できていた。それなのに彼と再会した途端に心が乱れ、動揺が隠せなくなった。

もっと冷静でいられると思っていたのに……。

ノーラは溢れ出しそうになる涙をぐっと堪えた。

「ラナ？　どうしたんだ？」

座り込んでしばらく経った後。突然声をかけられ、反射的に顔を上げる。視線の先に、見知った男が立っていた。なぜ彼が林の中にいるのだろうか。疑問に思いながらその名を呼ぶ。

「グレン……どうしてここに？」

ノーラの言葉に、グレンはきょとんとした顔をした。

「俺の家、この林の向こう側にあるから」

そういえばそうだった。冷静に周りを見渡せば、ここがグレンの家の近くだと分かる。

「具合が悪いのか？　それなら俺の家で少し休んでいけよ」

親しげに手を差し伸べてきた彼は、軽い口調で申し出た。

普段なら即答で断るが、このまま家に戻ればエリアスが待ち構えているだろうことは想像できる。だから今は自分の家に帰ることはできない。

黙り込んだノーラに、グレンは優しく言った。

「おいでよ。母さんに気分が落ち着くお茶でも淹れてもらおう」

そうだ。確か彼は両親と暮らしているはずだ。以前、母親は家で内職をしていると聞いたことがある。

それなら……とノーラは彼の申し出を受けることにした。

「お言葉に甘えて、少しだけお邪魔します」

そう言うと、グレンはとても嬉しそうに微笑んだ。邪気のないそれに、ノーラはほんの僅か警戒心を解く。

彼は最初から紳士的だった。無理やり触れてくることはなかったし、ノーラが断ればすぐに引いてくれる。悪い人ではないのは分かっていた。

だから、そんなに心配することもないかもしれない。

林を抜けてすぐのところにグレンの家はある。一般的な大きさの家だが、庭には花が植えてあり、草木は綺麗に整備されていた。通された玄関近くの客間もきっちりと整頓されている。

「母さん、ちょっと出てるみたいだ。でもすぐに帰って来るって」

誰もいない部屋に躊躇したが、グレンがテーブルの上の置き手紙らしき紙を見てそう言ったので、ノーラは安堵した。

好きなところに座るように勧められたので、彼から一番遠いソファーに座る。すると、小さく苦笑された。

けれど嫌な顔をすることなく、グレンはお茶を淹れてきてくれる。

「どうぞ。母さんほどうまくは淹れられないけど、味は悪くないと思うんだ。熱いから気をつけて」

「いただきます」

カップを受け取ると、少しきつめのハーブの香りがした。ノーラの家にはない種類のハーブで、匂いが独特だ。

息を吹きかけて冷ましてから、一口啜《すす》る。すっきりとしていて、ほのかに甘かった。

「美味しい」

ノーラはほっと息を吐き出す。すると、グレンはノーラが落ち着いたことに安心したのか、満面の笑みを浮かべた。

「良かった。すごく辛そうだったから、声をかけずにはいられなかったんだ」

「ありがとう。でも、仕事は大丈夫？」

グレンは普段、親戚の鍛冶職人の手伝いをしている。しかし今は制服を着ているので、自警団の仕事中なのかもしれない。もしそうなら申し訳ないと思った。

「大丈夫だよ。今日の仕事はもう終わったようなものだから。騎士団の人たちももう案内はいらないって言うから、午後からは休もうと思っていたんだ」

「そうなの……。それなら、これを飲んだらすぐにお暇《いとま》するわね」

早くゆっくり休みたいだろうと急いでお茶を飲み干そうとしたが、グレンがにこにこと微笑んでそれを制止した。

「具合が悪いんだから、無理せずにゆっくり飲んで」

その気遣いをありがたく思いながら、ノーラは湯気の立つお茶を冷ましながら少しずつ啜る。すると、まだ半分も飲んでいないのに体がポカポカと温まってきた。

ただのハーブティーで一気に体温が上昇するほど体が冷えていたのだろうか。少し不可解に思ったが、エリアスを前にして思った以上に緊張していたのかもしれないと思い直す。

「具合は良くなった？」

はあ…と息を吐き出して口の中の熱を逃がしていたノーラに、グレンが窺うような視線を向けてきた。

よほど心配をかけたらしい。ノーラは指を軽く動かして、もう具合は悪くないことを示す。

「グレンのおかげで元気になったわ」

しかしそう言った直後、自分の手足が赤くなっていることに気づく。

「あれ……？」

最初は気のせいかと思ったが、体が異様に熱くなっていることも自覚した。内側からじわじわと熱が全身を巡り、頭がぼんやりとしてくる。

「……どうして？」

風邪なんてひいていないし、熱が出るほど具合が悪かったわけじゃない。それなのに、なぜこんなにも体が熱いのだろうか。

座っていることすら困難で、ソファーにぐったりと倒れ込む。

「ラナ？　大丈夫か？」

グレンがノーラの傍らに膝をつき、顔を覗き込んできた。

「だい……じょ、ぶ」

大丈夫だと答えたいのに、舌が回らない。視界に映るグレンの顔がぐにゃりと歪んだ。突然どうしたのだろう。こんなことは初めてだ。自分の体のことなのに、訳が分からない。

「効いてきたか……」

ぽつりと呟いたグレンの言葉が聞こえた。けれどその意味を理解することが、今のノーラにはできない。

ぐらぐらと揺れる視界と霞《かすみ》がかったような意識が、ノーラの判断能力を奪った。

危険だとは本能で分かっていた。しかし体に力が入らない。それどころか、どんどん上昇する熱が、身に覚えのある甘い疼きに変わろうとしていた。

これはまずい……と危惧《きぐ》した時だった。ぐったりとソファーに身を投げ出しているノーラの体が重石をのせられたようにずっしりと重くなった。

ぼんやりとした視線を上げると、グレンの体が圧し掛かっているのが見えた。

「ラナが悪いんだ。あいつがこの町に来てから、あいつのことばかり気にしてさ」

そう言って見下ろしてくるグレンは、いつもの彼ではなかった。いつもにこにこと人の良さそうな笑みをたたえている彼が、無表情にも近い顔でじっとノーラを見つめている。

それを見て、初めて彼を怖いと思った。

「あのエリアスという男とはどういう関係なんだ？　俺がラナの話をすると、あいつ、すごい目で睨んでくるんだ」

グレンはエリアスの話をしている。ノーラは熱に集中しそうになる意識を必死に引き戻し、彼の言葉を理解しようとした。

エリアスが、グレンを睨む？

それが何だと言うのか。昔のエリアスなら暴力をふるっているだろう。睨むだけなら可愛いものだ。

そう思うのは、思考がおかしくなっているからだろうか。

「あいつに奪われる前に、ラナを俺のものにしておきたいんだ。分かってくれるよな？」

分かるわけがない。

グレンに求婚されたのは事実だが、きちんと断ったはずだ。その後も期待させないように必要最低限の会話しかしなかったではないか。今日は油断していたとはいえ、彼に好意がある素振りは見せていない。

けれど、家に上がりこんだのは失敗だった。母親がすぐに帰って来るという彼の言葉を信じてしまったのがいけなかったのだ。

自分に落ち度があったとノーラは自身を責める。

グレンの手がノーラの頬に触れた。親指が唇をなぞるように撫でる。

「や、め……」

息が荒くなって、喘ぐような声しか出なかった。

嫌だ。絶対に。私に触れるのは、エリアスだけ。それ以外は許されないし、許さない。

歪む視界で、キッとグレンを睨む。けれど力が入っていないため、彼に怒りが伝わらない。

グレンの顔が近づいてくるのが見えた。

意に反して体は疼いている。だからと言って、エリアス以外の男を受け入れる気はなかった。

ノーラは必死に首を振る。

「い……や……エリ、ア……ス……！」

❀❀❀

「戻ってこないな……」

ノーラを見失った後、エリアスはすぐに彼女の家へと向かった。

玄関前の低い柵に腰掛けて、通りをじっと見つめる。彼女が帰って来るまで何時間でも待つつもりだった。

しばらくすると、そこにルイが駆けて来た。

「エリアス！」

必死な様子のルイに、エリアスは眉を顰める。

いつもへらへらしているルイが珍しく焦り真剣な口調になっている。それだけでも大事《おおごと》だとわかった。

「彼女は？」

「ノーラのことか？　いや、まだ帰っていないようだ。……ルイ、売人とは接触できたのか？」

ルイの問いに、嫌な予感を覚えつつ逆に尋ねる。

「いや、できなかった。約束の時間を過ぎても来なかったよ。けど、売人が誰かは聞き出せた」

「誰だ？」

「グレンだよ。エリアスはヤツの家に行って。そっちには今、ヒュー隊長が向かってる。クリスは自警団に行ってるから、俺はクリスのほうに寄って、そっちにグレンがいなかったらあとで合流する」

ルイがエリアスの手を引っ張って走り出したので、エリアスはそれに合わせて足を進める。

「それで……。エリアスが暴走するから黙ってろって言われたんだけど……。あいつ、あの媚薬で、ある女を落とすんだって言ってたって……」

それを聞いた途端、エリアスの中で何かが爆発した。体の中で、狂暴な獣が荒れ狂うのを感じる。

くそ……！

エリアスは全速力で走り、ルイを引き離した。捜査のためにあらかじめ調べておいたので、グレンの家がどこにあるかは知っている。エリアスは目的地へと必死に駆けた。

林の奥にあるその家へ着いた時、エリアスは一瞬だけ動きを止めた。

ノーラに呼ばれたような気がしたのだ。途端に、おぞましいほどの嫌な予感に襲われる。

玄関前には扉を叩き、声をかけているヒューがいる。しかし彼を無視して裏へと回り、窓という窓をすべて覗き込んでノーラを探した。

この家にいるはずだ。ここにノーラがいる……！

焦る気持ちを懸命に抑え、エリアスは走る。窓の数はさほど多くないため、すぐに見つけた。

人が動く影が見えて中を覗き込むと、視界に、ノーラと彼女に覆いかぶさる男が映った。

瞬間、殺意が湧いた。全身が沸騰しそうだった。

「殺してやるっ！」

感情が一気に爆発して、エリアスは目の前の窓を突き破った。室内に入ると同時に、腰の剣を掴む。

許さない。

絶対に許さない……！

二度とノーラに触れないように、この汚物を排除してやる。

血が上った頭で、前にも同じように思ったことを思い出す。

今感じている殺意は、過去のものか、それとも目の前で怯えるこの男に対してか。

そんなのはどっちでもいい。

こいつは、絶対に俺が殺す。

ノーラに覆いかぶさっていた男が驚いたように振り返る。その眉間を目掛けて剣を振り下ろした時だった。

「待て、エリアス！」

いつの間に部屋に入って来たのか、ヒューが自分の剣でエリアスの剣を弾き飛ばした。

鈍い痛みとともに手から剣がなくなる。しかし、エリアスの殺意は少しもそがれなかった。

剣なんてなくても素手でいい。

エリアスは躊躇することなく男に体当たりをしてノーラから引き剝がす。そして床に転がった男に馬乗りになり、驚愕の表情を浮かべている顔を殴りつけた。

「ぐっ……ぅ……！」

男は痛みに呻いたが、休む間もなく次々に拳を叩きつける。

ノーラに触れていいのは俺だけだ。

それなのに、どうしてお前はノーラに覆いかぶさっていた？

お前は、俺のノーラにいったい何をしようとしていた？

力加減などせず、エリアスは何度も何度も男を殴り続ける。その度に、がつがつという重い音と男の悲鳴が響いた。

「エリアス！」

まだだ。

まだまだ足りない。

「もうやめろ！」

「もう動いてない」

駄目だ。全然足りない。

「やめろって言ってんだろ！」

制止の声はエリアスの耳には入ってこなかった。すでに気を失ってぐったりとしている男を容赦なく殴る。

その間も、エリアスの動きを止めようと何度か手が伸びてきた。しかしそれを振り払い、エリアスは拳を振り下ろし続けた。

しかし次の瞬間、ものすごい力で後ろに引っ張られた。ヒューに力づくで羽交《はが》い締めにされたのだ。

「離せ！」

自分を押さえつけている腕を振り解こうと体を捩るが、ヒューの力は緩まない。仕方なく、今度は足を振り上げて男を蹴り飛ばした。すると、

「こんな男のことより、ノーラのことを考えろっ！」

ヒューの怒鳴り声が部屋中に響いた。鼓膜を痛いほど刺激したそれに、エリアスはぴたりと動きを止める。

「ノー……ラ？」

「そうだ。お前はノーラのことを介抱しろ！」

「ノーラ！」

ヒューの言葉を最後まで聞かずに、エリアスはソファーに横たわったままのノーラに駆け寄った。そしてぐったりと力をなくしている華奢な体を力いっぱい抱き締める。

「大丈夫か？　あいつに何された？」

彼女の顔を覗き込むと、潤んだ瞳がエリアスを見つめていた。

頬は赤く染まり、瞳は潤み、じんわりと汗が滲んでいる。しかし幸いにも、着衣に乱れ

はなかった。

「エ…リアス……熱い……」

ノーラが掠れた声で囁いた。

彼女がエリアスの名を呼んだ。それはとても自然でまったく違和感がなく、エリアス自身も名前を呼ばれたと意識することができなかった。

「熱い？」

確かに、抱き締めた体は熱を持っていた。

「グレンにあの薬を盛られたんじゃないか？」

いつの間にか傍らに寄って来ていたクリスが、テーブルに置いてあるカップの中身を見ながら言った。

カップには液体が残っている。クリスはその匂いを嗅ぎ、懐から紙を取り出して液体に浸した。

「反応は薄いが、確かにあの薬だ。普通のハーブティーにしては匂いが濃いから、わざとそうして薬の味や匂いに気づかせないようにしたんだろう。でも、飲んだ量は少ないみたいだし、薬の濃度も薄いから効果は持続しない。解毒剤を飲まなくても大丈夫だ」

「量が少なくても、そいつがノーラに薬を飲ませたことには変わりない」

チッと舌打ちをして、エリアスは縋りついてくるノーラを抱きしめる腕に力を込める。

「こいつがコレを売り捌《さば》いているという話が本当だったのなら、家族が帰って来る前に家捜しもしておくか。大量には置いていないとは思うが、予備くらいはあるだろう」

クリスは薬の隠し場所を探し始めた。ヒューはすでに別室に行って捜索を開始している。

ルイもいつの間にか合流してグレンを縛っていた。

彼らの会話を聞きながら、エリアスは呼吸の荒いノーラの背中を優しく撫でていた。それを見たルイは眉間に深い皺を作る。

「大方、エリアスの出現に焦って既成事実でも作る気だったんじゃないか？　自警団のくせに違法薬物使うんじゃねぇよ。クソが」

言いながら、ルイは縛り上げたグレンを足で転がした。彼にしては珍しく怒っているようだ。グレンの扱いが雑である。

「既成事実……」

エリアスはぎろりとグレンを睨んだ。この男がノーラに何をしようとしていたのか分かってはいるが、言葉にされると改めて怒りが湧く。

やはり殴り足りない。もっと痛めつけて、二度と立てなくしてやる。

そんな衝動が、再びエリアスを襲った。

「落ち着け、エリアス。ノーラは無事だったんだ。こいつのことは俺たちに任せて、お前はノーラをどうにかしてやれ」

いつの間にこの部屋に戻って来たのか、エリアスの変化に気づいたヒューが、エリアスの視界からグレンを隠した。

グレンの息の根を止められなかったことがひどく心残りだったが、今はノーラが最優先だ。

エリアスはきゅっと下唇を噛み締め、ノーラを抱き上げる。

「宿に戻ります」

短く告げると、ヒューがほっと息を吐き出す気配がした。

ノーラをしっかりと腕に抱き、出口へと向かったエリアスは、外に出る前に振り返る。

「ヒュー隊長。その男、殺るのは俺ですから」

憎しみが抑え切れず、低く、地を這うような声が出た。

その声に反応したのか、それまで苦しそうに荒い息を吐くだけだったノーラが、億劫《おっくう》そうに腕を持ち上げてエリアスの頬に触れた。

「エリアス……駄目。ただ話していただけなの。腕を折ったり……しないで。暴力は駄目。道を聞かれただけ……その人を殴らないで、お願い、エリアス……」

記憶が混濁しているらしい。ノーラはうわ言のように繰り返したが、それはグレンのことではなかった。

道を聞いていただけの相手に手を出すなんて、まるで、勘違いで女性を殺害した花売りの女のようだ。

確かに、ヒューたちに止められなければあの男が二度と動かなくなるまで殴り続けていただろう。それだけ憎かった。許せなかった。

エリアスからノーラを奪おうとする者はすべて憎い。この気持ちは、ずっと変わらずにエリアスの中にあった。

エリアスは改めてノーラを見下ろし、腕の中に在るその存在にほっと息を吐き出す。

とにかく、ノーラが助かって良かった。

ルイが知らせてくれなければ、エリアスはノーラを助けることができなかっただろう。

そう思うだけでぞっとした。全身の毛が逆立って、抑え切れない怒りが再発する。

あいつは許せない。けれど今は、ノーラのことだけを考えよう。

怒りをなんとか抑え、エリアスは全神経をノーラに注ぐ。

ノーラ……ノーラ……。

今度こそ、ちゃんと守ることができたよ。

第六章

ここは、どこ……?

ノーラは重い瞼を押し上げ、辺りを見回した。

背中に感じるのは、ひんやりとした感触。

視界がぼんやりとしていて、意識もはっきりしない。全身が熱く、ふわふわしている。体の奥底から何かが次々に溢れ出すような感覚がした。

「ノーラ」

心配そうな顔で覗き込んでくるエリアスを見て、ノーラは首を傾げる。

「エリアス……? なんだか男らしくなってない?」

エリアスは男にしては可愛い顔をしているのだ。頬は丸みを帯び、目は大きく、唇は小さい。その配置は変わらないのに、目の前のエリアスはなぜか頬のラインがすっきりして精悍な面持ちになっていた。それに少し、肩幅も広くなっているような気がする。

いきなり成長してしまった。そんな感じだ。

「俺は変わったか？」

　やや高めだったはずのエリアスの声も、低く男らしいものになっている。それを不思議に思いながら、ノーラはエリアスの頬に手を伸ばす。

「声が低くなったのね。……それに、顔が大人になってる」

　どうして？

　尋ねても、エリアスは目を細めるだけでそれには答えない。

「エリアス？」

　怪訝に思って名を呼ぶと、エリアスは囁くように言った。

「昔の俺と今の俺、どっちがいい？」

「昔……？　出会った頃のこと？　そんなの……どっちも好きよ。だって、エリアスはエリアスでしょ？」

　素直に思ったことを口にすると、エリアスは満足げに笑った。

「そうか」

　その表情に、胸がぐっと苦しくなる。彼のことは昔から何でも知っているはずなのに、こんなに大人っぽい表情をする彼は初めて見た。

「ねえ、エリアス。これは夢？　私、未来の夢を見ているの？」

　突然伸びた背。広くなった肩幅。太くなった腕。逞しくなった背中。そして精悍になった顔。すべてが、ノーラの知っているエリアスではない。

知らない人と話しているようで少し怖かった。

「外見が変わっても俺は俺だ。ノーラのことが好きな俺のままだよ」

「……そう。そうね」

何も変わらない、というエリアスの言葉が、ノーラを安心させてくれる。

そうだ。エリアスはエリアスだ。そう言ったのは自分なのになぜ不安になどなったのか。

ノーラが男らしくなったエリアスの頬に触れると、ひんやりとした感触が伝わってくる。

「冷たい……」

「ノーラが熱いんだよ」

言われてみれば、体がひどく火照《ほて》っているような気がする。ぽかぽかとしているわけではなく、じんわりとした熱が体の奥から湧き出てくる感じだ。

意識したら、途端に体が疼き出した。覚えのある淫猥な感覚にノーラはひどく戸惑う。

どうして？　こんな感覚、もうずっと忘れていたのに……。

そこまで考えて、ふと気づく。

ずっと忘れていた？　どうして？　エリアスと何度もしているのに、忘れるはずなんてない。

まるで長い間エリアスに触れていないような思考に、ノーラは首を傾げた。

「ノーラ？」

ぼんやりとエリアスを見つめるだけのノーラに、彼は目を細めて心配そうな顔になった。

「つらいか？」

つらくはない。ただ、エリアスが欲しい。

ノーラは首を振って大丈夫だと示し、ぎゅっとエリアスに抱き着いた。

「エリアス……して？」

自分から誘うなんて初めてだ。でもそれをはしたないと思う気持ちよりも、疼きをなんとかして欲しいという願望が勝った。

するとエリアスは痛いくらいに抱き締め返してくれた。しばらくして体を離すと、噛み付くように唇を塞いでくる。

すぐに舌が唇を割り入ってきた。ノーラはそれに舌を絡め、エリアスの熱を受け止める。

「……っ……ふぅ……」

お互いの舌が触れ合っただけでも体温が上昇するのに、ぐるぐると絡め合い吸い合って、更に熱くなる。

舌先で上顎を擦られると、腹部に力が入って、無意識に膝がすり合わされた。

「…んん……あぁん……」

まだ口づけだけだというのに、エリアスとしていると思うだけで上り詰めてしまいそうだった。ノーラの予感はそれからすぐに現実のものとなる。

舌先から根元まで丹念に舐められ、体が小刻みに痙攣《けいれん》し始めた。

ああ……もう……。

そう思った時だった。口腔にばかり意識を集中していたせいか、突然、大きく硬くなった猛りを太ももにぐりっと押しつけられ、驚くと同時に頭が真っ白になる。

「んんん……っっ！」

甲高く漏れた声は、エリアスの口の中に消えていった。ノーラは体を弛緩《しかん》させ、ぼんやりとエリアスを見つめる。

どうしてしまったのだろう。こんなに我を忘れて感じたことなんて今までなかったのに。

ノーラが達したことが分かったのだろう、エリアスは額に、瞼に、頬に軽く唇を落とし、指で優しく首筋を撫でる。そしてふと何かを思い出したように、真剣な表情になった。

「なあ、ノーラ」

「な、に……？」

回らない舌で言葉を発して気づく。ひどく喉が渇いていた。

何か飲み物が欲しいとお願いしたくて口を開くと、それを遮るようにエリアスは言った。

「俺以外に触れさせてないよな？」

低く、押し殺した声だった。

ノーラは、彼の言っている言葉の意味が分からずに首を傾げる。

「もし俺以外の誰かがノーラを抱いていたら……俺はきっとそいつを殺してしまう。この三年、誰にも触らせていないよな？」

エリアスから発せられるぴりぴりとした緊張感が、ノーラの肌を突き刺した。それを痛いと感じる思考は今のノーラにはない。

とにかく、なぜエリアスがそんなことを言うのか不思議に思うだけだった。

「どうしてそんなことを言うの？　ずっとエリアスしか触れていないでしょう？　危ない時は必ず助けてくれるじゃない」

危ない時？　そんなことあった？

自分の言葉に疑問を持つが、それは一瞬のこと。すぐに自分が何を言ったのか忘れてしまった。

「エリアスだけ」

私にはエリアスだけ。他には何もない。

「私にはエリアスしかいないのに……」

涙が溢れ出た。

今の私には、エリアスだけが心の支えなのに。

両親はいなくなってしまった。親戚にはすべて持っていかれて、残ったのはこの身一つ。

それに孤児院にはあいつが……。

怖い。頭の中がその感情一色に支配された。体が震え、奥歯ががちがちと鳴る。

「やだ……やめて……エリアスじゃなくちゃいや……！」

何が怖いのかははっきりとは分からないけれど、エリアスと離れ離れにされてしまう。

訳も分からずそう思った。エリアスは今目の前にいるのに、なぜそんなことを思うのか。

泣き出したノーラを力強い腕が抱き締めてくれた。

「ごめん、ノーラ。大丈夫だ。俺はここにいる」

大丈夫だと繰り返す声が右耳から左耳へと流れる。

とにかく怖かった。熱いと感じていた体温が一気に下がった気がした。ひどく頭が混乱して、ここがどこで自分が何をしているのか分からなくなる。

「……薬が……、アレンとサラが……あいつの薬で……ラナが、突然いなくなって……きっとあいつが何か……」

口が勝手に動き、うわ言のような言葉が溢れ出す。

「薬？」

「そう。……私も、薬を……」

「飲まされたのか？」

「……飲まされる前に振り払って……割れたの。……それから、私……私、あいつに

なった。
　突然、何かが体に圧し掛かってくる感覚がよみがえり、恐怖で呼吸がうまくできなく
　おぞましい手が腕に絡みつき、動きを封じられる。これはあいつに腕を押さえつけられ
て体をまさぐられた感覚だ。
「いや！　エリアスじゃなきゃ……絶対に、やだぁ……！」
　ノーラは泣き叫ぶ。すかさず、震える背中を優しい手が撫でてくれた。
「あいつはもういない。怖がらなくて大丈夫だ」
　優しい声も、温かな手も、あいつのものではないことは分かる。これはエリアスだ。今
抱き締めてくれているのは、誰よりもノーラを愛してくれているエリアスなのだ。
　ノーラはエリアスのシャツをきつく握り締めた。
　そうだ。あいつはこの手で私が斬り殺したんだ。
　それなのにどうして怖いの？
　何が怖いの？
　エリアスがいなくなるから？
　でも、どうしてエリアスがいなくなってしまうの？
「大丈夫だ、ノーラ。怖くない。俺がいる。俺がいるから」

耳元でエリアスが宥める声が聞こえる。

そうだ。怖くない。何も怖くない。

「エリアス……！」

力の限り、エリアスと密着する。

どこにも行かないで。傍にいて。離れて行かないで。

「ノーラには俺だけ。俺にはノーラしかいない。だから大丈夫だ。怖くない。怖くなんてない」

呪文のように繰り返される言葉に、次第に恐怖が薄れていく。

「エリアスがいれば、怖くない」

噛み締めるように呟き、ノーラは涙で濡れた頬をエリアスの肩口にぐりぐりと押しつけた。エリアスは優しく何度も何度も頭を撫でてくれる。それだけでとても安心した。

子供のように感情が制御できない。ノーラはそのことに気づいていた。

原因は分からないけれど、記憶があちこちに飛んで、現在の自分の形が摑めない。

そんな中でも、ただ一つ確かなものがあった。

エリアスがいる。

とても長い間彼に会っていなかった気がするのに、今こうしてここにエリアスがいる。

「……エリアスがいる。嬉しい。嬉しい……！」

ノーラはエリアスの耳に、頬に口づけ、顔を上げた彼の唇を塞ぐ。

「ノーラ……」

囁きながら、エリアスはちゅっちゅっとノーラの唇を食み、するすると手早く服を脱がせた。

そして彼の大きな手が直接乳房に触れる。

「大きくなったな」

「そんなに急に変わるわけないでしょ」

首を傾げるノーラに、エリアスはなぜか切なげに目を細めて、そうだな、と呟いた。

直後、固くなった乳首を摘まれる。びくりと体が跳ね、太ももにじわりと愛液が流れ落ちるのが分かった。

余裕がないのか、エリアスは乳首を口に含みながら、秘部へと手を伸ばす。彼の指が触れた途端、ぐちゅりと濡れた音がした。

「ぬるぬるだ」

呟きが終わらないうちに、膣口に異物感がした。エリアスの指が膣内に入り込もうとしているのだ。

「……っ……い……ん…」

なぜか痛い。いつもならするりと入ってしまうのに、何度か入り口で出し入れしないと一本の指すら入りづらかった。

「きついな……」

それはエリアスの指が太くなったのか、ノーラの膣内が狭くなったのか。どちらかは分からないが、エリアスがとても嬉しそうに微笑んだので、理由を考えるのはやめた。

痛みを感じたのはほんの僅かだった。すぐに快感が溢れ出す。

エリアスに触られている部分すべてが性感帯と化していた。もうどこを触られても感じてしまう。

「あ、んあ……ぅん…んん…」

乳首をぐりぐりと押し潰されながら膣内を刺激されると、気持ちが良すぎて声が止まらない。

抽挿を繰り返される度に愛液が大量に溢れ出てきた。水音が部屋中に響き渡り、その音に更に感度が上がっていく気がした。

自分の体がひどくいやらしい。

それがなぜかは分からないけれど、今はただエリアスが与えてくれる快楽のことだけしか考えられない。

エリアスの舌が乳首から鎖骨を辿り、首筋を舐め上げる。ぞくぞくとした快感がそこから広がり、膣内に入っている彼の指を締め付けた。

時折きつく吸われて、その小さな痛みが嬌声へと変わる。

「ノーラ……」

首筋から耳の後ろ、そして耳朶へと舌を這わせたエリアスは、息を吹き込むように囁いた。そしてついでとばかりに耳の穴の中に舌を差し込んでくる。直接的な水音とむず痒い感覚にノーラは身を捩った。

「や、だ……め……エリア…ス……もうっ……！」

耳と乳首と膣内を同時に愛撫され、再び絶頂の波が押し寄せる。

太ももが痙攣し、エリアスの肩を摑んでいる手にぐっと力が入った。次の瞬間には、腰が浮き上がって全身ががくがくと震え、瞼の裏にちかちかとした火花が散った。

「……あぁ……あ、ふ…ぅ……」

下腹部に力が入り、膣内が収縮するのが分かる。

小刻みの痙攣が長く続いた。その間エリアスは愛撫を止めてノーラの顔をじっと見つめていたが、目が合った途端にぐっと眉を寄せた。

すぐにエリアスはぐるりと内壁を解すように指を動かし、少しだけ余裕ができると二本目を挿入する。時間をかけてそれを繰り返し、三本が楽に入るようになると、指を引き抜いた。

「まだきついかもしれないけど……悪い。もう駄目だ」

エリアスはもどかしそうに服を脱ぎ捨てると、亀頭を膣口に押しつけた。

ぐっと膣口が開き、エリアスが入ってきた。けれど指と同様、太くてすんなりとは入らない。いつも以上に濡れているのに、入り口ですでにいっぱいだった。

無理やりに押し込まれると、痛みで体が硬直する。

「痛……ぃ……エリ……や……っ」

「ごめ……ノーラ、力、抜い…て…」

嫌々と首を振ると、エリアスは苦しそうに息を吐き出しながら懇願するように言った。

初めての時にもこんな会話をしたような気がする。あの時よりは幾分マシだが、なぜかとても圧迫感があった。今までになく膣内が押し広げられている。

「ど、して……？」

まだ全部入っていないのにひどく苦しい。

挿入時にこんな感覚になったのは、初めての時以来だ。あの時は激痛も加わったので本当につらかったけれど、二度目からは痛みは徐々に薄れ、次第に快感を得るようになったのだ。

「……ぅわ……くっ…」

エリアスの眉間に深い皺が寄り、彼は動きを止めた。そして大きく深呼吸をしてから、腰を緩く前後させ、ゆっくりと少しずつ奥へ奥へと猛りを進める。

ぐっぐっと進入してくるそれは、圧迫感だけではなく、震えるような快感と心が満たされるような愉悦を与えてくれる。

時間をかけてすべて挿入した時には、二人とも息が荒くなっていた。

「全部、入った……?」

「……入った」

満足そうにエリアスは微笑む。しかし、ノーラの顔が僅かに強張っているのに気づき、心配そうな表情になった。

「痛いか?」

「……ううん」

「でも、つらそうだ」

そう言うエリアスのほうがつらそうな顔をしている。大丈夫だと伝えたくてノーラは微笑んだ。

「いつ…もより、奥にきてる、ような……気がする」

だからちょっとだけ苦しいの、と告げると、膣内の猛りがびくりと震えた。

途端に、エリアスの表情が獰猛になった。笑みが消え、男の顔になる。

「……手加減、できなくなった」

「え……?」

エリアスはいきなり腰を動かし出した。がんがんと力任せに突いたと思ったら、今度は緩急をつけてぐるりと腰を回す。

「あ、あ…んんっ…ああ……！」

膣内を確認するように動いていた彼は、猛りの質量に慣れると同時にノーラの声質が変わったのに気づき、両足を持ち上げて更に深く突き上げた。

「ぅんんん……ふぁ…あ、ん…」

声が止まらない。

気持ちよくて、理性が頭の隅に押しやられた。

膣内を暴れ回るエリアスの猛りは、記憶の中のそれよりも確実に太く大きくなっている。奥まで届くそれが、内臓を押し上げるようにぐりぐりと膣奥を突いてきた。

突かれると下半身に力が入り、膣内がぐっと締まる。するとエリアス自身が更に膨らみを増し、内壁が押し広げられ、摩擦が強くなった。

エリアスの手がノーラの足首を摑む。そちらに目を向けると、手の大きさも、体の大きさも、すべて変わっていることに改めて気づく。

急に大人になってしまった彼に、なぜか切ない気持ちになった。

自分が知っているエリアスじゃない。ノーラの知らない時間を彼はたくさん過ごし、そして立派な青年に成長した。

その過程を見られなかったのはなぜ？

どうして私は一緒にいなかったの？

「エリ、アス……」

ノーラは腕を伸ばし、逞しい背中にぎゅっとしがみつく。感情が溢れ出し、甘えた声になってしまった。

エリアスは力強く抱き締め返してくれた。

変わらない。やっぱりエリアスはエリアスだ。彼はいつもノーラを安心させて、元気づけてくれる。

「……っ……ん……！」

抱き合う形となり、角度が変わったからか、衝撃が大きくなった。

腰の動きは止まらない。下半身がぬるぬるとしていて、恥ずかしくなるほどの水音が耳に響く。

「あぁんん、ぅ……ん」

もっと大きな快感を得ようと、腰が勝手に揺れた。

エリアスはノーラの感じる部分を知っている。そこを重点的に突き上げられ、声にならない叫びを上げた。がくがくと体が痙攣する。

「……んんんんっっ……！」

頭が真っ白になると同時に、膣内の猛りがびくびくと震えるのを感じる。

頭がおかしくなるほどの快感がしばらく続いた。ぼんやりとした視界でエリアスの顔を捉える。

「ノーラ、ノーラ……俺のノーラ……！」

エリアスの表情は、まだ獰猛なそれだった。

気づいた時には、エリアスの腰がまた揺れ始めていた。

「…や、……待って……」

このまま快感に攫われてしまったら、今度こそ本当におかしくなる。

それが怖くてエリアスから体を離そうと身を捩るが、押さえつけられてがんがんと容赦なく突き上げられた。

肉食獣に襲われているような気分だ。

……もう、駄目。

観念して、ノーラはエリアスの動きに身を任せた。

膣内を擦るように猛りが動く。愛液は十分過ぎるくらい溢れ出ているはずなのに、無意識にきつく締まっていた入り口付近は滑りが悪かった。エリアスのものの形が分かるくらいに生々しく擦れ合う感覚がする。

「…ん、んんあぁ……それ……だめ、また…あぁん…すぐ……」

敏感になり過ぎているのに、エリアスが加減することなく激しく動くため、またすぐ達してしまいそうだった。

ノーラはエリアスの腕を力いっぱい摑む。何かに摑まっていないとどこかに飛んでいってしまうと本気で思った。

「…っ……気持ちいいよ、ノーラ」

掠れた声でエリアスが囁く。低くなったその声が、ひどく色っぽい。

その声に胸がぎゅっと苦しくなった。膣内が蠢いたと思ったら、制御できない快感が一気に駆け上がる。

「やぁぁ……ああんっぁ……!」

びくっびくっとノーラの体がまた何度も跳ねた。絶頂を感じてもまたすぐにそれ以上の絶頂がやってくる。

ノーラが達してもエリアスは抽挿をやめなかった。ぐちゅぐちゅと激しい水音を鳴らしながら、何度も何度も膣奥を突いてくる。

太ももまでをぬるぬるに滑らせるほどの分泌物の多さに、彼もすでに何度か白濁を吐き出していることが分かった。それなのに少しも動きを止めない。

刺激が強すぎて意識が飛ぶ。それでも再び狂ったような快感に呼び戻される。その繰り返しだった。

応えてくれる声があるのが幸せで涙が溢れてきた。

体の奥底が焼けるほど熱くなった。ノーラは歪んだ視界に懸命にエリアスの顔を映し、そのまま頭がおかしくなりそうな快感に身を沈めた。

❀❀❀

「お前、貧乏だからそんなに小っちゃいんだろ」

「服もボロボロじゃねぇか。よくそんな服着てられるよな」

「恥ずかしいやつ！」

数人の子供が一人の少年を囲んでいじめている。

——ああ……これは、エリアスと出会った時の記憶だ。

ノーラは、記憶に身をゆだねる。

あの時はまだ両親は健在で、裕福な商家に生まれたノーラは何不自由のない暮らしをしていた。

その日は、フリルとレースがたっぷりと使われた綺麗な服を着て、絹のリボンで髪を結い、光沢が出るほどに磨かれたお気に入りの靴を履いて近所の空き地へと向かった。母親の誕生日が近かったので、花冠を作って贈りたかったのだ。

そこで、子供たちの集団が体の小さな少年をいじめているのを見た。見過ごせないと思ったノーラは咄嗟に近くに落ちていた棒を拾い、必死に振り回していじめっ子たちを追い払った。乱暴なことをするのは初めてだったが、見て見ぬふりはできなかった。

いじめられていた少年は、男の子にしては可愛らしい顔をしていた。その顔にはいくつもの傷を負い、額からは血が流れ出していて、とても痛そうだった。

「大丈夫？」

ノーラはハンカチを少年の傷に押し当て、彼の顔を覗き込んだ。

「……ありがと」

ぶっきらぼうな言い方だったが、少年――エリアスは、大きな瞳を眩しそうに細めてノーラを見た。

この時エリアスは、ノーラのことを妖精か何かだと思ったらしい。後で恥ずかしそうに教えてくれた。なぜそんなふうに思ったのかは分からないが、可愛らしい勘違いである。

「ハンカチ、汚れちゃった」

血で赤く染まったハンカチを見て、エリアスは申し訳なさそうに俯《うつむ》く。

エリアスは昔、体がとても小さくやせていた。貧しかったせいでろくに食べられなかったからだ。

しかも毎日汚れた服を着ていたため、近所の子供たちによくいじめられていた。

「いいの。それはあげる。それより、傷は痛くない?」

「大丈夫。こんなのは全然平気だ」

気丈にも、エリアスはそう言って立ち上がった。そして近くにあった水場で血を洗い流す。

それは母親に心配をかけないためだったのだと後に知った。エリアスは自分の怪我よりも、母親が悲しむほうがつらいのだと教えてくれた。

それからノーラは、彼がいじめられる度に助けに入った。しかしノーラが殴られそうになった時、彼は庇うように前に出た。守られるのではなく、ノーラを守りたいと言ってくれた。

ノーラはそう言われて初めて、彼が男なのだと意識した。自分を守るために強くなっていくエリアスに恋をするのに時間はかからなかった。

エリアスは優しい。けれどそれは、特定の人間にだけだ。

母親がいなくなってからは、彼の優しさはノーラにだけ向けられるようになった。いつしか彼と恋人になり、彼からの好意を一身に受けるようになったノーラは、その一途な想いにどこか優越感を覚えていた。

……エリアスには自分しかいない。傲慢にも、そう思っていたのだ。

エリアスはノーラの前では笑ってくれる。

「好きだ、ノーラ」

その言葉が嬉しかった。ずっとそう言ってもらえると信じていた。明るい未来を疑いもせずに、彼とずっと一緒にいられると本気で信じていたのだ。幸せな時間が壊れる、その瞬間まで――。


久しぶりに昔の夢を見て、ノーラは重い瞼を開けた。目の前に、エリアスがいる。

窓から射し込んだ朝日が、彼の整った顔を照らしていた。幼かった夢の中のエリアスより随分と成長しているが、あどけない寝顔は昔のままだ。

――数年ぶりに、エリアスの腕の中で眠ってしまった。

彼の温もりが懐かしくて視界が歪む。

疲れているのだろう。彼は眉間に僅かな皺を刻み、規則正しい寝息を立てている。そんな無防備な姿を見つめてから、ノーラはそっとベッドを下りた。

彼は思い出してしまっただろうか。昨夜したような行為を、三年前までは何度も繰り返ししていたことを。

それともすでに記憶を取り戻していたのだろうか。ノーラに触れる手や表情が昔と同じだったような気がする。

ノーラは自分の身に何が起きたのか理解していた。グレンに薬を盛られ、その薬のせいで体が熱くなり、自らエリアスを誘ったのだ。

意識が朦朧として、昔の記憶と混濁《こんだく》していた。というのは彼を誘った言い訳にはならないだろうか。

ノーラは、自分の気持ちが変わっていないことを思い知らされた。

欲しくて仕方がなかった。彼にも自分を求めて欲しくて、わざと甘えた声を出した。

エリアスを突き放したのは自分なのに、浅ましくも彼の心を、体を求めた。そして――満たされてしまった。

エリアスは昔と同じように愛してくれた。それは彼の体が覚えていたからか、彼が記憶を取り戻したからかは分からないけれど、変わらない愛し方が嬉しかった。あの頃に戻れたような気がして、幸せな気分になれた。

「ありがとう……」

声にならないくらい小さく呟く。

エリアスの瞼が微かに震えた。けれど起きる気配はない。

これで最後だ。

もしエリアスの記憶が戻っているのなら、ノーラは今度こそ完全にエリアスとは会えなくなるだろう。

「エリアス……侯爵家と騎士団、あなたはどちら側についているの？」

答えが返ってこないと分かっていても、訊かずにはいられなかった。

ノーラは侯爵家に囚われている身だった。エリアスが記憶を取り戻した時のために生かされている。

本当なら、彼を起こして確かめたい。できるなら侯爵家とは関わってほしくはなかった。けれど、彼が今どちら側の人間だとしても、ノーラが利用されるであろう未来は変わらない。

エリアスにとってノーラは枷《かせ》にしかならない存在なのだ。

だから……。

――ごめんなさい、エリアス。

心の中で愛しい彼に告げる。

ノーラは、足音を立てないように細心の注意を払い、そっと部屋を出た。

❀　❀　❀

そこは、侯爵邸のエリアスの自室だった。

しかしなぜか壁の塗装が剝がれ、物が雑然と散らばっていた。今のエリアスの自室とは印象が異なるそこに、エリアスは立っていた。

全身が痛み、ひどく疲れている。

エリアスは痛む体を引きずり、ソファーに横になった。とにかくだるい。

そこへ、ヒューがやって来た。

いつものように気安い調子で入って来た彼は、傷だらけのエリアスを見て眉を顰めた。

「また脱走が失敗したのか？」

彼の言葉に、エリアスは頷いた。

そうだ。何度目かの脱走が失敗して、こんなに傷だらけになっているのだ。今更ながら理解する。

「俺は……」

口の中が切れていて、声を出すのもつらい。それでもエリアスは続けた。

「俺は、ただノーラに会いたいだけなのに……！」

悲鳴にも似た叫びだった。

愛しい人に会いたい。

そう願って何が悪い？

なぜ邪魔をするんだ？

なぜ俺たちの仲を引き裂く？

なぜあいつの言いなりにならなければいけないんだ？

エリアスは、横になったままソファーの背もたれを力いっぱい殴った。

願いはいつも一つだけだ。

ノーラと一緒にいたい。

ノーラに会いたい。会いたい。会いたい……！

一心にそう願いながら、エリアスは血がこびりついた腕で目元を押さえた。

「エリアス……」

ふいに呼ばれ、腕をずらしてヒューに視線を向ける。すると、彼は真剣な顔でエリアスに近づき声を潜め、ノーラに伝言を届けてやると言った。

エリアスは、痛みで鈍った頭を必死に働かせて考えた。

ノーラとこの町を出よう。そして誰にも邪魔されない場所で一緒に暮らすんだ。

今度こそ、捕まらずに抜け出してやる。

決心すると、エリアスは今までは飾りでしかなかった紙とペンを手に取る。明日の日暮れ後に聖堂前で待つという旨の内容を綴り、それをヒューに託した。

ノーラと会える。

そう思うだけで、全身が軽くなり、傷の痛みが引いた。

エリアスは久しぶりに、心を躍らせて眠りについたのだった。

「ん……ノーラ？」

無意識に手を伸ばし、白く柔らかな体を探す。しかしそこにあるのは冷たいシーツの感触だけで、求めているものが手に触れることはなかった。

はっと目を開けると、乱れたシーツが視界に映る。

慌てて上半身を起こして部屋の中を見回しても、明け方近くまでこの手に抱いていた愛しい人の姿はどこにもなかった。

「ノーラ……」

逃げられた。

しっかりと抱き締めていたはずなのに。

寝起きが悪いエリアスだが、人の気配には敏感だ。それなのにノーラが出て行ったことに気づかなかったのは、それだけ彼女の前では気を抜いているということだろう。

心を許しているのはノーラにだけ。

そういう自覚はあった。

だからと言って、こんなにも簡単に逃がしてしまうなんて不覚だ。

エリアスは、ふと目に映った情事の跡を見下ろした。これは、ノーラがエリアスを受け入れてくれた証だ。三年ぶりに彼女の熱を感じ、満たされた実感がある。

この三年間、女というものに興味が持てなかった。ヒューやルイが心配するほど性に対して淡白だった。

きっとエリアスの体は覚えていたのだ。自分が求めるのは『ノーラ』だけだと。

「キス、したかった……」

起きた時、一番初めにノーラに口づけをしたかった。

それが昔からの……。

「エリアス、入っていいか？」

コンコンと軽いノックの音が聞こえ、エリアスはシーツから視線を上げた。短く了承の言葉を発する。

ドアを薄く開け、中の様子を窺ってから顔を覗かせたのはルイだった。

「お。一人か？　昨夜はお盛んだったみたいだな～。おかげで俺は寝不足だぞ」

この宿ではルイとエリアスは同室だった。けれど昨晩はノーラとこの部屋を使っていたため、彼はどこか違う部屋で寝たのだろう。

「悪かったな」

エリアスが謝罪すると、ルイは室内に足を踏み入れながらにやにやと笑って手を振った。

「いいよいいよ。ご機嫌なエリアスが見られたしな～」

ご機嫌？

眉を顰めると、ルイが小さく噴き出した。

「口元が緩んでるぞ～」

指摘されて初めて、エリアスは自分の口角が少し上がっていることを知る。慌てて口を引き結んだが、それを見たルイの笑い声が大きくなる。

「で、肝心の彼女は？」

「……逃げられた」

溜め息を吐きながら答えるエリアスに、ルイは気の毒そうな顔をしてエリアスの肩をぽんと叩く。

「またしつこく追いかけて捕まえればいいさ」

ルイはエリアスのことをいったいどう思っているのだろうか。別にエリアスは、彼女を追い回して無理やり自分のものにしたわけではない。……と思う。

「でも、それもしばらくお預けだ。グレンは昨日のうちに、隣町に待機していたクラウス様の部下に引き渡した。グレンの家で例の薬も押収したから、朝食後にすぐ出発するぞ」

予定どおり王都に戻るということだ。

エリアスは床に散らばっている服を袋に入れ、新しい服を身につけた。そして食堂で朝食を簡単に済ませ、荷物をまとめ終えたルイとともに部屋を出る。

馬小屋に行くと、ヒューとクリスが鞍《くら》に荷物を積んでいるところだった。

「この町の元締めは分かりましたか？」

エリアスは声を潜めてヒューに問う。すると彼は、周りを見渡して誰もいないことを確認してから頷いた。

「クラウスの部下に身柄を引き渡す前に、少しばかりグレンをこらしめて吐かせた。自警団団長のトーマスだ。ルイが、自警団員の数人がきな臭いっていう情報を摑んでいたから、なんとなく見当がついたが……予想どおりだったよ。あとはクラウスのほうでどれだけ摑めたか、だな。いずれにしてもこの先はもう少し人数が必要だ」

「もしもの時は俺が動きますよ。それが一番手っ取り早い」

「そうだな。その時はエリアスに頼むよ。……ノーラはどうした？」

頷いたヒューは、ふと気づいたように尋ねてきた。エリアスは固い声で答える。

「逃げられました」

この言葉は本日二度目である。

憮然とするエリアスに、ヒューの優しい眼差しが向けられる。

「一度王都に戻ることくらい、伝えたほうがいいんじゃないか？」

行ってこい、とその目が言っている。そうしたいと思っていたので、エリアスはヒューの好意に甘えることにした。

「出発は少しだけ待っててもらえますか？　すぐに戻ります」

一言だけでもいい。ノーラと話したかった。本当は彼女と離れたくなんてない。けれど今のエリアスにはやらなければいけないことがあった。

ヒューたちに待っていてもらい、エリアスは一人でノーラの家に向かう。しかしノーラは留守だった。

家の中に人の気配がしないので、本当にいないのだろう。

あの薬には依存性はないようなので、具合が悪くて寝込んでいるわけではないはずだ。昨夜の行為で体力は奪ってしまったが……。どこかに出かけているのかもしれない。

町を出る前に一度会っておきたかったが、それは叶わないようだ。

せめてこの町を出ることを伝える手紙を置いていきたいと思ったが、紙もペンもない。エリアスは少し考えてから、転がっていた石を拾い、玄関先の土の上に『すぐに戻ってくる』という内容の言葉を書いた。

そして、名残惜しい気持ちで彼女の家を見つめ、気持ちを振り切るように踵を返したのだった。

❀ ❀ ❀

エリアスがノーラの家を訪ねたその時、ノーラは隣町との境にある牧草地にいた。

エリアスと一晩過ごした宿を出たのはいいが、家でじっとしている気分にはなれなかった。気がつくと延々と彼のことを考えてしまうからだ。

何かをしていれば気がまぎれるかと思い、ブラントの牧場の手伝いに来た。この町に来た時からなにかと助けてくれる老夫婦に恩返しがしたくて、手が空くとよくここに来て小屋の掃除や餌やりを手伝っているのだ。

動物たちに餌を与えて無心に掃除をしていると、エリアスのことが頭から離れて気が楽になった。そんな不純な動機で手伝っているというのに、老夫婦は「有難い」と言って嬉しそうに笑ってくれるので、途端に申し訳ない気分にもなる。

ありがとうと言いたいのはこちらのほうだ。気分転換をさせてくれて、しかも美味しいチーズやパンまで食べさせてくれるのだから。

優しい人たちに感謝をしながら、ノーラは力仕事を率先してやった。そうして牧草地の端にある柵の補強をしていたら、ふいに視線の端に、四頭の馬が走り去るのを捉えた。

顔を上げてそちらを見ると、騎士団の四人が町の出口に向かって馬を走らせている。

「エリアス、余所見《よそみ》するな！」

最後尾を走っているクリスが、町のほうを見やるエリアスを注意する声が聞こえてきた。

「心残りなのも分かるけど、さっさと戻ってクラウス様と合流だぞ～！」

「全部が片付いたら休暇をやるから、今は仕事のことだけを考えろよ！」

「危ないから前を見ろ、エリアス！」

「はい」

馬を駆けながら大声で会話をする彼らの声に、ノーラは愕然と動きを止める。

そうか。エリアスは王都に帰ってしまうのか。

いつまでもこの町にいるわけでないということは分かっていた。けれどそれが今日だなんて思っていなかった。

エリアスの熱を感じたばかりなのに、彼は離れて行ってしまう。彼はノーラを置いて行くのだ。

逃げ出したのは自分なのに、そんな自分勝手なことを思った。

エリアスたちが乗った馬が遠ざかって行く。小さくなっていくその後ろ姿から目が離せなかった。

行かないで。

行かないで。

行かないで、エリアス……！

口に出せたらどんなにいいだろう。

でも、自分にそんな権利はない。エリアスを引き止めることなんてできない。

ノーラたちはもうあの頃には戻れないのだ。

結婚の約束をして、腕輪をもらって、二人の未来は明るいものだと信じていたあの頃。

幼い頃に出会い、それからずっとエリアスはノーラと仲良くしてくれた。忙しく留守がちだった両親の分まで一緒にいてくれたのだ。

寂しいと泣けば抱き締めてくれて、嬉しいことがあればともに喜んでくれた。エリアスには何でも話せた。両親に言えないことも、彼には素直に告白できた。誰よりもノーラのことを知っているのはエリアスだろう。

少しだけ異常な独占欲を持ったエリアスだったけれど、両親が事故で亡くなり、ノーラが親戚に騙されて孤児院に入れられた時、彼がいたからこそ自分を保てた。

ノーラにはエリアスしかいなかった。そしてエリアスも、ノーラだけを強く想ってくれた。

けれど、そんな穏やかな日々は長くは続かなかった。

ノーラが孤児院に入れられた数ヵ月後、エリアスの母親が病気になり、その治療費が捻出できなかったエリアスは、最後の頼みであるオスカリウス侯爵を頼って侯爵邸に行った。けれど門前払いをされ、結局母親は亡くなってしまった。

それから何日も経たないうちに、オスカリウス侯爵家の執事であるダネルがエリアスを訪ねて来た。

母親を亡くして打ちひしがれるエリアスに寄り添うノーラの前で、ダネルは言った。

「あなたが侯爵家に来たせいで、奥方様がオスカリウス侯爵の隠し子の存在を知り、離縁を言い渡してきました。よって、跡取りがいない侯爵はエリアス様を嫡男として引き取ると仰っています。エリアス様には今日から侯爵家へ入っていただきます。そしてしかるべき教育を受け、立派な貴族になっていただかなくてはいけません。後に身分の高い女性と結婚することになりますので、今の恋人とは別れてください。それがオスカリウス侯爵の意向です」

静かな、けれど有無を言わせない口調でそう言って、ダネルは屈強な男を使って無理やりエリアスを連れて行った。

あの時からだ。明るい未来に影が差し始めたのは。

エリアスは無理をして何度かノーラに会いに来てくれた。けれど、それも限界だった。

だから『あの日』、二人で逃げる予定だった。けれど……できなかったのだ。

あんなことがあったから――。

泣いても過去は変えられない。

分かっていても涙は止まらなかった。

第七章

　王都に入り、騎士団の本部まで戻って来ると、すでに夜になっていた。

　とりあえず今日は解散ということで、これからの計画を練るためにクラウスのもとへ行くというヒューを呼び止め、エリアスは頭を下げた。

「ヒュー隊長。この任務が終わったら、しばらく休暇をください」

「ああ。約束だからな。あの町に戻るんだろう？」

　ヒューはエリアスが何をしたいのか分かっているようだ。訳知り顔の彼に、エリアスは大きく頷く。

「はい。それともう一つ報告があります」

「何だ？」

「今月末で騎士団を辞めるように父に言われました。俺は今まで、騎士団の情報を父に流していましたが、もちろんこちらが不利になるような情報は黙っていました。そのことが、父が俺をあやしむ原因になっているようです」

この三年間、エリアスは騎士団の情報をオスカリウス侯爵に流していた。父親やダネルに、エリアスが侯爵側の人間であると思い込ませて油断させ、彼らの違法行為の証拠を摑むためだ。しかし侯爵は用心深く、エリアスが騎士団員でいる間は、犯罪の匂いがする仕事には関わらせなかった。

「……そうか」

「俺が家業を継いで、その後ろ暗い内情を摑む前に、父は俺をどこかの令嬢と結婚させる気です。後に引けないようにするためでしょう。何か勘付いているのかもしれません」

オスカリウス侯爵が何らかの密輸入で利益を得ていることはヒューの仲間になったときに聞かされていた。それ以来、侯爵やダネルの目を盗み、屋敷の中で取引の証拠を探していて、ようやく摑んだのがネノスの町の情報だった。

ヒューはエリアスの言葉に頷いてから、話があると言った。

促されてソファーに座ったエリアスに、向かい側に座った彼が真剣な表情で話を切り出す。

「お前、記憶が戻っているだろう」

断定的な言い方だった。そしてヒューはエリアスの答えを待たずに、何かを内ポケットから取り出した。

「これ、知っているな？」

エリアスの前に差し出されたのは銀の腕輪だ。エリアスがノーラに贈ったものだった。

「どうしてヒュー隊長がこれを？」

腕輪を受け取りながら、エリアスは鋭い視線でヒューを見る。

「三年前にノーラが町中で落としたものを拾ったんだ。お前に渡すべきかどうかはかりかねて持ち歩いていた」

意外な事実にエリアスは目を瞠った。

まさか彼女の腕輪をヒューが持っていたとは思わなかった。

細く精巧な細工の腕輪を感慨深く見つめているエリアスに、ヒューは「お前が俺に手紙を託した時のことを覚えているか？」と訊いてきた。頷くエリアスに彼は静かに言った。

「俺がエリアスの手紙をノーラに渡した後、ノーラは行方不明になった。……なあ、エリアス。俺は余計なことをしたか？」

沈んだ声音から、ヒューがずっとそのことを気にしていたのだと分かる。エリアスは首を横に振って彼の言葉を否定した。

「ヒュー隊長には感謝しています」

もしあの頃ヒューに出会っていなければ、いつかエリアスは父親を殺して死罪になっていただろう。ノーラに会うことを邪魔する存在が憎くて憎くて仕方がなかったのだ。

ヒューと初めて会ったのは、エリアスが記憶を失くす以前のことだった。

『面接と言っても、別に堅苦しいことはないさ。君の人となりを知りたいと思って来たんだよ』

オスカリウス侯爵邸の一室に突然現れた男は、『ヒュー・グレイヴスです』と笑顔で名乗った。

騎士団の人間であるらしい彼は、荒んだ目で睨むエリアスの視線を真っ直ぐに受け止め、穏やかな口調で話し出す。

『君の境遇は調べさせてもらった。お母さんのことは気の毒だったね』

『……………』

『いきなり貴族になって戸惑っているだろう。君は侯爵を継ぐ気はあるのか？』

『……………』

『オスカリウス侯爵は手広く事業をしているね。侯爵と仕事の話はするのかな？』

『……………』

エリアスは何を訊かれても一言も口をきかなかった。父親がエリアスを懐柔するためにヒューを送り込んできたのだと思ったのだ。

それに、この時のエリアスの頭にはノーラのことしかなかった。自分の周りにいる人間はみんな、ノーラと自分を引き離す敵だと思っていた。

エリアスはヒューの言葉に反応をすることなく、時には殺意を込めて睨み、物を投げた。

それでも彼はめげずに話しかけてきた。そして何度も屋敷に通って来て、一方的に雑談をして帰って行くのだ。

そしてある日。

『俺はこの国を良くしたい。そのためにここにいるんだ』

ヒューは固い声で言った。エリアスにだけ聞こえる音量で言った彼は、それまでの穏やかな笑みを消していた。

それから彼は、騎士団が解決した数々の事件の内容を教えてくれるようになった。

今思えば、ヒューは当時からオスカリウス侯爵に目をつけていたのだろう。その侯爵家の嫡男ではあるが、父親を憎んでいるエリアスなら、腐敗した貴族を一掃したいというヒューたちの仲間に引き入れられると考えたに違いない。

そうして政治の話をしているうちに、エリアスは警戒を解き、次第にヒューと話をするようになった。彼が父親側の人間ではないと分かったからだ。

エリアスはぽつりぽつりと話した。父親を恨んでいること。この屋敷には来たくなかったこと。

そして――。

『こんな監獄を早く抜け出して、ノーラに会いに行きたい』

『ノーラ？　君の恋人か？』

問われ、エリアスは素直に頷く。

『……今はこの腕輪しか繋がりがない。ここから抜け出そうとして何度も捕まって連れ戻された。俺はただ、ノーラと一緒にいたいだけなのに……』

久しぶりに弱音を吐いた。感情を吐露してしまうほど弱っていたのもあるが、ヒューを信用していたのだ。

そして何度目かの脱走が失敗した日。項垂れていたエリアスに、ヒューが声を潜めて言った。

『残念ながら、ここから君を助け出せるだけの権限は俺にはない。でも、君の恋人に接触することはできる。何か言伝《ことづて》はあるか？』

エリアスは目を瞠ってヒューを見つめた。しばらく考え込んだ後、机から紙を取ってきてノーラへの伝言を書いた。そしてそれをヒューに渡す。

『これをノーラに渡してほしい』

エリアスは覚悟していた。重大な決意をした。

『必ず届ける』

ヒューはエリアスの気持ちに応えると誓ってくれた。それがどれだけエリアスの心を救ってくれたか分からない。

周りに敵しかいない状況の中、ノーラと一緒に生きていけるかもしれないという一筋の光を照らしてくれたのがヒューなのだ。

　確かに、その伝言をしたせいであの事件が起こり、ノーラが姿を消した。けれど二度とノーラに会えないという事態になったわけではないのだ。エリアスは記憶を失くしてしまったが、そのおかげで父親を油断させることができて、もう少しで侯爵家から解放されようとしていた。

　だから感謝をしている。

　エリアスの言葉に、ヒューは目を伏せた。そして少しの沈黙の後、ノーラの腕輪を撫でているエリアスの顔を窺う。

「腕輪を渡すのが遅くなって悪かった。記憶が戻るまでは渡さないほうがいいと思ったんだ。……すべて思い出したんだろう？」

　ヒューがその質問に込めた思いは分かっている。なぜエリアスが記憶を失い、ノーラが姿を消す事態になったのか、それを知りたいのだ。

　エリアスは小さく息を吐き出し、気持ちを落ち着かせてから口を開く。

「ノーラがグレンに襲われているのを見た時から、徐々に思い出してはいました。俺は、あの状況と同じ場面を以前にも見ているから……」

「どういうことだ？」

「ノーラと一緒に街を出ようとしていたんです。そのことを書いた手紙をあの時、ヒュー隊長に託しました。それであの日、なんとか屋敷を抜け出して街の外れでノーラを待っていたんですけど、いくら待っても来なくて。その時、虫の知らせと言えばいいのか……とにかくすごく嫌な予感がして、孤児院に行ったんです。そして離れにある院長の部屋で、院長がノーラの上に圧し掛かっているのを発見しました」

あの時の光景を思い出すだけで、怒りが湧いてくる。

ぎゅっときつく手を握り締めて語るエリアスに、ヒューが冷静な声で先を促す。

「それで？」

「窓を割って部屋に入って、院長を剣で刺しました。でもあいつは死ななかった。襲いかかってきたから揉み合いになって……俺は棚の角に頭をぶつけて意識を失ってしまった。次に目を覚ました時には、それまでの記憶を失っていた。だからあの時、俺が気絶している間に何があったのかは分かりません」

「ノーラに聞くしかないってことか」

「はい」

「でも、その事件に関わっているのはきっとノーラ一人じゃないだろうな」

「そうですね」

「これは俺の推測だが、ノーラをこの街から追い出したのも、ネノスの町に住まわせているのも、もしかして……」

「オスカリウス侯爵でしょうね」

エリアスはきっぱりと断言する。それ以外に考えられないのだ。

ヒューは頷き、難しい顔をして続ける。

「数日前にノーラに会いに行った時、彼女は言っていた。エリアスの記憶が戻ったら、自分はエリアスの重荷になる。だから死ぬ覚悟はできている。と……」

「俺に内緒でノーラに会いに行ったのは腹立たしいですね……」

いつの間にヒューはノーラと会っていたのか。いくらヒューだとしても、自分が知らない間に彼女と接触したなんて、一言文句を言わなければ気が済まない。

眉間に皺を寄せて睨むエリアスに、ヒューは苦笑いして頭を下げた。

「すまん」

「ヒュー隊長は理由なく行動しないですからね。……許します」

部下からの偉そうな言葉に、ヒューは嫌な顔もせずに、「ありがとう」と呟いた。不遜なエリアスの態度など気にすることなく、ヒューは思案顔になる。

「オスカリウス侯爵が監視をつけてノーラをあの町に住まわせているとする。それはなぜか、だ。記憶がなければエリアスはオスカリウス侯爵の言いなりになる。まっさらな状態で跡取りだと刷り込めばいいんだからな」

「実際に刷り込まれましたけどね」

「きっと、エリアスの記憶が戻った時のことを考えてノーラを殺さないでいるんだと思うんだ。記憶が戻れば、お前が侯爵家を捨ててノーラを優先するのは目に見えている。それにもしノーラが殺されたとなれば、すぐに後を追うだろう？　彼らはそれを危惧したんだろう。だから侯爵はノーラを人質にしようと考えた。そうすればお前は言うことを聞かざるを得なくなるからな」

「……下衆《げす》が」

エリアスはチッと舌打ちをした。ノーラは自分のせいであの町に囚われているのだ。

今すぐにでもノーラのもとへ行きたいという衝動を堪え、エリアスは唇を嚙み締める。

それを見たヒューは、ふと口元を緩めた。

「記憶が戻っても我慢ができるようになったんだな」

ヒューは、偉いぞ～！　と手を伸ばして子供にするようにぐりぐりと頭を撫でてきた。

言われて初めて、記憶を失う以前のエリアスなら我慢なんてせずにノーラのもとへ向かっただろうと気づく。あの頃は後先を考えずに衝動で動いていたので、失敗も多かった。

記憶を失っていた三年間で、エリアスは少し変わったのだ。自分では分からなかったが、体が大きくなったのと同じくらい心も成長していた。

思う存分エリアスの髪をかき乱して満足したのか、ヒューは表情を改めて話を戻した。

「ノーラの監視役は多分、トーマスだと思うんだ。いや、自警団全体か。俺が一人でノーラの家に行った時、早朝にも拘らず、自警団の人間が彼女の家の周りをうろちょろしていた。最初は俺のことを監視しているのかと思ったが、帰りにはついて来なかった。自警団全体を動かせる人間といったら、トーマスしかいないよな」

「あのクソ狸……」

自警団の団長である壮年の男を思い出し、エリアスは悪態をつく。

「グレンを吐かせたことで、トーマスがネノスの町の元締めだというのはわかっている。そのトーマスはノーラを監視していた。おそらくオスカリウス侯爵の依頼によってだ。元締めをやらせて金を稼がせてやる代わりにノーラを監視しろ、そんなところか。いずれにしても、ノーラのことは逐一オスカリウス侯爵に報告されているだろうな。エリアスと接触したことはすでに知られているはずだ。表向きには視察で行っているとはいえ、騎士団があの町に来たことに侯爵も警戒しているだろう。トーマスの口封じに行く可能性もあるな……。直接行くのは侯爵じゃないだろうが、侯爵邸が手薄にはなるだろう。その隙にお前に頼みたいことがある」

ヒューは、これからエリアスがやるべきことを教えてくれた。

計画が成功すれば、エリアスは自由になり、この先ずっとノーラと一緒にいられる。

その思いを胸に、エリアスはしっかりとヒューに頷いた。

何日かぶりに侯爵の屋敷に戻ると、数人の使用人とダネルがエリアスを迎えてくれた。

「おかえりなさいませ、エリアス様」

「ただいま」

「ご視察お疲れ様でした。何か変わったことはございませんか」

探るような目つきのダネルに、エリアスは小さく首を傾げてみせる。

「あったけど、たいしたことじゃない。とにかく疲れた」

はあ～と大きく息を吐き出して早く休みたいと告げると、ダネルはそれ以上は詮索してこなかった。

エリアスはその足でオスカリウス侯爵の書斎へ向かう。そして軽く扉をノックすると、中から了承の声が聞こえた。

「失礼します」

荷物を抱えたまま扉を開ける。すると中には侍女のシェリーがいた。彼女はオスカリウス侯爵の前に紅茶を置くと、エリアスに一礼して書斎を出て行く。

彼女の足音が遠ざかるのを待ってから、エリアスは荷物の中から小瓶を取り出し、椅子に深く腰掛けたままのオスカリウス侯爵に差し出した。

「公にはなっていませんが、ネノスの町の自警団員を一名捕らえました。その時にこの小瓶も数個押収しています」

オスカリウス侯爵は小瓶を受け取り目を細め、すぐにエリアスに戻す。

「逮捕者は一名だけか？　名前は？」

「グレン・エドキンズ、一名だけです」

「そうか。他に変わったことは？」

ダネルと同じことを聞かれ、エリアスは、そういえば……と呟く。

「ネノスの町にいる少女のことが気になりました」

エリアスの言葉に、オスカリウス侯爵が僅かに眉を上げた。

「記憶が戻ったのか？」

警戒するようなその声に、エリアスは首を傾げてみせる。

「いいえ。彼女はラナと名乗りました。俺の知り合いですか？」

質問を返すと、彼はじっとエリアスを見つめた。真意を推し量ろうとしているようだ。

「知り合いだと思ったのか？」

「初めて会ったような気がしないので。もう少しで何か思い出せそうなんですけど。……でも彼女は俺を知らないと言ったので勘違いなのかもしれません」

「そうか。それなら知り合いではないのだろうな」

オスカリウス侯爵は唐突に興味を失ったようにエリアスから視線を逸らした。エリアスは、そうかもしれませんね……と侯爵の言葉に頷き、一礼して書斎を出た。

これで侯爵は、エリアスが記憶を取り戻すかもしれないという危惧を抱いたはずだ。記憶が戻ったエリアスを従わせるのは容易ではないと知っている彼は、これから何が起きるかも知らず、ノーラを人質にするためにダネルを彼女のもとへ送り込むだろう。

それに、グレンが逮捕されたことを知り、侯爵は少しでも自分に繋がりそうな証拠はすべて消さなければならなくなった。既にトーマスが動いているだろうが、その彼を消すために動くだろう。唯一、侯爵の信頼を得ているダネルがそれに奔走することになる。

エリアスがノーラのことを話したのは、ダネルをこの屋敷から引き離すための作戦の一つだった。

彼が侯爵から離れれば、侯爵の味方はいなくなる。その時が彼を追いつめる好機になるのだ。

❀❀❀

侯爵にネノスでの出来事を告げた翌日の昼前。

エリアスは、騎士団本部から屋敷に戻って来ていた。

玄関を開け、いつものように並んで頭を下げている数人の使用人に目をやり、その中にダネルの姿がないことに気づく。ネノスの町に向かったのだろう。

思惑どおりにいって心の中で安堵の息を吐いていると、珍しく慌てた様子でオスカリウス侯爵が階段を降りてきた。

「お出かけですか？」

エリアスが声をかけると、彼は使用人から渡された帽子を被りながら短く答えた。

「少し出て来る」

言って足早に玄関を出ようとした彼に、エリアスは重ねて問いかける。

「ダネルはいないのですか？」

「私の使いで外出した。何か報告があるのなら明日聞く」

よほど急いでいるのだろう。上着を着る時間も惜しいようで、使用人が差し出したそれを手に持って玄関を出て行った。

大きな音を立てて閉まった扉を見つめてから、エリアスは使用人に仕事に戻るように言って階段を上る。

計画どおり進んでいる。この好機は逃さない。彼のいない間に裏の稼業に関する重要書類を見つけ出すのだ。それがあれば、侯爵を追いつめられる。

周りに誰もいないことを確認してから書斎に入る。それから引き出しや戸棚を漁っていった。

その時、ガチャリと扉を開く音が部屋に響き、エリアスは動きを止めた。ゆっくりと顔を上げて入って来た人物を見たエリアスは、思わず舌打ちをしてしまう。

扉を閉めながら無表情でこちらを見ていたのは、オスカリウス侯爵のお気に入りの使用人――シェリーだった。

❀ ❀ ❀

ネノスの町。

ノーラは昨日に続き朝から老夫婦の牧場を手伝った後、家に帰るところだった。昼前には餌やりも掃除も終わったのでまだ日が高い。歩いているとじんわりと汗ばんできた。

もうこの町にエリアスはいないので、ビクビクしながら道を歩く必要がない。気は楽だが寂しさは否めなかった。

気分が落ち込むと視線が下がる。とぼとぼと地面を見ながら帰り道を歩いていたノーラは、視線の先に茶色のブーツが入り込んだことに気づいた。

はっと顔を上げると、目の前に自警団の団長トーマスが立っていた。

「今帰りかい？」

彼は穏やかに微笑みながら言った。

「はい」

牧場でもらったチーズの入った籠を抱き締め、ノーラは強張った顔で頷く。そんなノーラの様子を気にすることなく、

「ダネルさんが君に会いに来るそうだよ」

と、トーマスは軽い口調で言った。その言葉にノーラは目を瞠る。

「何をしに来るんですか？」

「荷物をまとめておきなさい」

ノーラの質問には答えず、トーマスはそれだけ言って去って行った。

荷物をまとめろ。それは、この町から移動させられるということだろうか。

やはりエリアスは記憶を取り戻していたのか。そうならば、言うことをきかなくなったエリアスを従わせるためにダネルはノーラを使おうとするだろう。

記憶を失う以前も、ダネルはノーラを盾にしてエリアスを侯爵家に縛っていたらしいのだ。言うことをきかなければノーラに危害を加えると脅しでもしたのだろう。今回もそれと同じ手を使ってくるに決まっている。

この町にノーラがいることはエリアスにバレている。だからここから違う場所に行かされるのかもしれない。

ここを出たら、どこに連れて行かれるのか……。

「……足枷にはなりたくない」

呟いたノーラは、家への道を駆け出した。

小さくて古いが、三年も住んでいれば愛着が湧く。ギシギシと音を立てる扉を開けて中に入ると、ノーラは急いで家中を掃除した。

そしてある程度荷物を片付けた後、ソファーの下に隠してある短剣を取り出す。飾り気のない鞘におさまったそれをじっと見下ろし、ノーラはごくりと唾を飲み込んだ。

「エリアス……」

愛しい人の名を呼び、鞘から抜いた鈍く光る剣を自らの首に押し当てた。

三年前、エリアスがノーラのことを忘れてしまったとダネルから聞いた時、それはダネルの嘘ではないかと疑った。きっとエリアスはすぐにノーラを迎えに来てくれる。そんな期待があった。人殺しの自分では彼の手を取ることはできないが、ひと目会えるだけで十分だと思っていた。

けれど、半年経っても一年経ってもエリアスは来なかった。そしてやっと、記憶喪失というのは本当のことだったのだと理解した。

エリアスなら、たとえオスカリウス侯爵の妨害にあっても必ずノーラを探し出してくれると信じていたからだ。だけどエリアスは現れない。ということは、彼はノーラのことをすっかり忘れてしまっているのだ。

忘れられたのだと理解したら、今度は悲しくなった。このまま一生彼の記憶が戻らなければ、ノーラはエリアスにとって『最初からいない人』だ。そんなのは寂し過ぎる。

最初の一年間は、ひと目でも会えることを期待しながら彼のいない毎日を懸命に生きた。

エリアスは来ないのだと思い知った二年目は、自分のせいで彼に迷惑をかけるのだけは避けようと決意し、もしもの時は自決まで覚悟した。

三年目は、『もしもの時』を待った。

この三年間はそんな日々だった。

トーマスに監視され、何度か町を抜け出そうとしたが自警団によってそれを阻止され、徐々に諦めの気持ちが強くなった。だから気晴らしに老夫婦の経営している牧場を手伝ったり、森で薬草を採って売りに行ったりしていたのだ。

それでも夜中にこっそりと脱走することはできたかもしれない。でもそれをしなかったのは、エリアスが見つけてくれるかもしれないという淡い期待があったからだ。

血で汚れた自分の手を見られたくないと思いながらも、会いたいと願う。エリアスがノーラを思い出してしまえば、侯爵やダネルに利用される。それが分かっているのに、やはりひと目だけでも彼を見たかった。常に矛盾した思いがぐるぐると渦巻いていた。

本当に自分勝手だ。エリアスの気持ちなんて考えていない勝手な願望だ。

それでも……と希望を捨てることはできなかった。

そして唐突に、その日はきた。エリアスが偶然にもこの町に仕事でやって来たのだ。エリアスに会えた。それだけで十分だったのに、昔のように愛し合うこともできた。幸せだ。これ以上望むことはない。望むことはできない。

自分がエリアスを操るための餌にされるのなら、そうならないように命を絶とう。随分前にそう決心していたのだ。ノーラが生きている限り、エリアスに自由はない。

一緒に逝こうという約束は果たせないが、記憶がない間、エリアスはノーラがいなくても穏やかに日々を過ごしていたようだった。だからそのまま幸せになってほしい。何にも縛られず、自由に生きてほしい。

以前のエリアスなら、ノーラが死んだらすぐに後を追っただろう。そのことが気がかりだった。けれど今のエリアスには彼のことを心配してくれる仲間がいる。エリアスが自決しようとすれば止めてくれるはずだ。彼らがエリアスを慰め、立ち直らせてくれるに違いない。

「生きて、エリアス」

溢れ出しそうになる涙を堪え、ノーラは剣を持つ手にぐっと力を込めた。

❀　❀　❀

騎士団本部の一室。

「うまくいったか」

扉を開けたヒューが、笑顔でエリアスを迎え入れた。

エリアスは憮然とした表情で持っていた書類をヒューに手渡し、自分の後ろにいる人物を顎で指し示す。

「これは誰ですか？」

エリアスの後ろには、シェリーがいた。

オスカリウス侯爵邸の書斎で重要書類を探しているところに入って来た彼女は、呆然としているエリアスを無視して引き出しの鍵をあっさりと見つけ出し、そこを開けて書類を手に取った。その書類は、裏金の証拠とその流れが書かれたものだった。

エリアスは慌ててそれを奪い取ったが、彼女は文句を言うことはなく、それどころか自分を連れて騎士団本部へ向かうように促したのだ。訳が分からないまま、エリアスは彼女にここまで連れて来られた。

使用人の制服のままのシェリーは、この場ではひどく浮いている。そんな彼女に笑みを向けたヒューは、大丈夫だというようにエリアスを見た。

「彼女は味方だよ」

「味方？　俺に内緒で潜入捜査でもしていたんですか？」

責めるような口調になってしまったのは、もし本当に潜入捜査をしていたなら一言くらい言ってくれればいいのに、という思いがあるからだ。

口を尖らせるエリアスに、ヒューが困ったように眉尻を下げる。

「彼女はな……」

「私の大事な人だ」

ヒューの言葉を遮るように、それまで部屋の奥で何か作業をしていたクリスがこちらに近づきながら言った。

「クリスの恋人？」

情報通のルイさえも知らなかった彼女が、この黒髪の女性というのだろうか。

エリアスは眉間の皺を深くする。

「俺だけじゃ信用できなかったですか？」

あの屋敷にエリアスの他にもう一人送り込んでいたなんて、エリアスに任務は遂行できないと言われているのと一緒だ。

するとヒューが慌てて手を振る。

「違うんだ。彼女が自らオスカリウス侯爵邸に入り込むことを志願してきて……」

「勇気のある素晴らしい女性だろう」

再びヒューの言葉を遮り、クリスが自慢げに胸を張った。どうだと言わんばかりの彼の様子からすると、彼女の勇気ある行動を誇らしく思っているらしい。

　自分の恋人が敵の本陣に乗り込むなんて心配ではなかったのだろうか。エリアスなら絶対にノーラにそんなことはさせない。

「父親の愛人だと思っていたんだけどな……」

　エリアスがぽつりと漏らすと、それまで黙っていたシェリーがくすりと笑った。

「愛人ではありません。私はオスカリウス侯爵に紅茶を淹れるのが主な仕事でした」

　屋敷では常に無表情だった彼女だが、普通に笑うこともできるらしい。表情が変わるだけで驚くほど柔らかい印象になる。

　その顔をどこかで見たことがあるような気がした。けれど、エリアスがノーラ以外の人間の顔をはっきりと思い出せるわけもなく、気のせいかと思い直す。

　クリスが労うようにシェリーの肩を抱いた。お互いに顔を見合わせ、微笑み合う彼らは幸せそうである。

「もし手を出されそうになった時用に、私が処方した薬を持たせていたんだ。その薬を飲ませれば、幻覚を見て良い気分で寝ることができる」

　シェリーからエリアスに視線を戻したクリスは、そう言って得意げに薬包紙を差し出してみせた。それを見下ろし、エリアスは目を細める。

「違法薬物？」

「合法だ」

真面目に答えるクリスの後ろで、ヒューが苦笑しているのが見えた。幻覚を見てしまうあたりが限りなく違法に近いと思うが、彼が言うなら合法なのだろう。

「クリスの薬のことは忘れろ、エリアス。それと、彼女のことについては後で詳しく説明してやる。今はオスカリウス侯爵の捕縛について話そう」

ヒューはエリアスを部屋の奥にある衝立《ついたて》の向こうへと促した。クリスのあやしい薬のことを誤魔化したいわけではなく、事態が思っている以上に進んでいるため急いでいるらしい。エリアスは、シェリーから報告を聞いておくというクリスを残して奥へと向かった。

衝立の向こうにあるソファーには、次期宰相候補でヒューの親友のクラウス・ダークベルクが腰掛けていた。

エリアスはクラウスの向かい側のソファーに腰を下ろす。

「父につながりそうな証拠は出てきましたか？」

クラウスに訊いたのだが、答えたのは彼の隣に座ったヒューだった。

「本当にいいのか、エリアス」

眉間に皺を寄せ、ヒューはエリアスを真っ直ぐに見つめる。

ヒューがエリアスに向けたこの言葉は、もう何度目になるだろうか。

彼は、エリアスにとって血の繋がった家族は父親しかいないことを知っている。父親がいなくなればエリアスは家族を失くしてしまう。それを心配してくれているのだ。

「いいんです。俺は早くあいつから離れてノーラを迎えに行きたい」

　エリアスはヒューの視線をしっかりと受け止めながら強い口調で言った。すると彼は真剣な顔で大きく頷いた。

「わかった。必ず捕まえよう。クラウス、今の状況を教えてやってくれ」

　ヒューがクラウスに目配せをすると、クラウスはにこりと頷き、説明を始めた。

「御承知のとおり、君たちがネノスの町を調査している間、俺はその町に関わりのある貴族たちのことを調べていた。すると最近妙に羽振りが良くなった貴族に行き当たってね。その貴族を問い詰めてみたら、割と簡単にオスカリウス侯爵の名前を明かしたよ。彼のやり方を不満に思っていたのか、捕まるなら道連れにと思ったのか、どちらにしても今回、オスカリウス侯爵は脇が甘かったね。ネノスの町で薬が使われていることも摑めたし、あとは、実際の取引の場を押さえれば、いけるだろう」

「問い詰めてみたらって、お前、ただ問い詰めただけじゃないだろ……」

「さあ、そのあたりはご想像におまかせするよ。俺も昔とは違って、使えるカードが増えたからな。けど、少しあっさりしていたのは確かだ。……まあそれで、多少強引だが、密輸の疑いがあるとして国外から侯爵に届いた荷物はすべてこちらで押収している。今ごろ侯爵はその対処で忙しいだろうな。彼、他人を信用しないようだから、こういう時に処理に当たれる人間が自分以外にいないはずだ」

クラウスはそう言ったが、侯爵も信用している人が一人だけいる。ダネルだ。

いつもならダネルに事態を収拾させるが、昨夜エリアスがあの町のことを話したため、まさか翌日にこんな事態になるとは思わずにダネルをノーラのもとに送った。

それでオスカリウス侯爵本人が現場に出て行かなければならない事態に陥ったというわけだ。

「ヒュー隊長」

そこで、クリスが衝立の向こうから声をかけてきた。

「何だ、捜査の話だから入っていいぞ」

エリアスの過去のことを話していると思ったのか、クリスは気を使って声をかけたらしい。ヒューが空いているソファーに座るよう促すと、クリスはエリアスに視線をやり、ひとつ頷いて、腰をおろした。

「シェリーが今朝、侯爵邸に来たグラーニン子爵と侯爵との話を聞いていました。子爵に届くはずの積荷が届いていないと。ひどく焦っていた様子です。大金が動く取引だったのでしょう。それで今日、侯爵が商人とともに直接子爵に届けに行くと話していたそうです」

「取引の場所はわかるか？」

「デュール、だそうです。侯爵を見張っている者から、彼が先ほどその店に入って行くのを確認したという報告があったので間違いありません」

「デュール……あの高級料理店か。あそこは大貴族との関わりがある店で、騎士団も入りづらいところだからな……。これまでもあそこが使われていた可能性は高いな」

過去、立ち入れなかったことがあるのかヒューが渋い顔で顎に手を当てる。

「あの店ならどうにかなる」

すると、クラウスが涼しい顔でそう言った。

「俺が先に行って話をつけて来よう。騎士団も少し借りていくぞ」

さあ早く片付けよう、と微笑みながら、悠然とした動きで衝立の向こうに消えていく。

その頼もしい背中を見送り、エリアスは大きく息を吐き出した。

長かった戦いがやっと終わるのだ。これでノーラを迎えに行ける。

エリアスはポケットに手を入れ、そこに入っている銀の環を握り締めた。


エリアスたちがデュールという高級料理店の裏口に着いた時には、すでにクラウスと数人の騎士団員が店を取り囲んでいた。

「首尾はどうだ？」

声を潜めて尋ねるヒューに、クラウスはゆったりとした口調で答えた。

「店側が突入を拒否したけど、うまいこと店員はみんな外に出したよ。大丈夫。侯爵に気づかれないようにこっそりしたし、あやしまれないように騎士団員に従業員として動いてもらっているから。そんなわけで、ヒュー、後処理は任せた」

ヒューは頭をガリガリとかきながら、まったくこいつはもう……と苦々しく呟いた。

「お前なぁ、早く終わらせて新妻のアイルちゃんが待つ家に帰りたいからって、一般人に手荒いことするなよ」

「傷一つつけてはいないぞ。お前の部下は優秀だな」

「当たり前だろう。俺の仲間は騎士団の中でも優秀な人間ばかりなんだからな」

「分かった分かった。いいから、さっさとやれ」

部下自慢が止まらなくなりそうなヒューの言葉を遮り、クラウスは早く突入をしろとさらりと促す。それを聞いてヒューは一瞬目を細めてクラウスを睨んだが、今ここで言い合いをしても無駄だと思ったのか、溜め息を吐きながら頷いた。

「すぐに終わらせてやるよ」

彼らの会話を黙って聞いていたエリアスとクリスは、今まで見たことのないクラウスの様子に驚き、顔を見合わせた。品行方正な次期宰相様は、親友相手だと言葉遣いも扱いも雑になるらしい。

「お前たち、準備はいいな？」

チラチラとクラウスを盗み見していた二人は、ヒューのその言葉で気持ちを切り替える。

「準備万端です」

「行きましょう」

クリスとエリアスが答え、他の騎士団員も剣の柄に手を添えて大きく頷いた。

店に足を踏み入れたエリアスたちは、従業員に扮していた団員にオスカリウス侯爵がいる部屋まで案内してもらい、気配を殺して扉の前に立った。

扉に耳を当てると、中から話し声が聞こえてくる。

エリアスはヒューを見た。するりと剣を鞘から抜いたヒューは、エリアスに目線だけで頷いてみせてからノブに手をかける。そして次の瞬間、勢いよく扉を開け放った。

「動くな！」

ヒューを先頭に、数人の騎士団が部屋の中に押し入ると、オスカリウス侯爵と商人風の男、そして護衛の人間らしき男たちがいた。彼らは突然乱入して来た騎士団の面々に、驚愕の表情を浮かべている。

しかし驚きを見せたのは一瞬のことで、すかさず護衛が剣を手に切りかかってきた。腕自慢の騎士たちが、喜々として剣を振るい出す。

キン……！　と剣同士がぶつかる音と怒号が部屋中に響き、あたりは騒然とする。

自分たちが完全に不利だと悟ったのか、侯爵と商人風の男は逃げようと窓に駆け寄った。

エリアスたちはそれを追いかけ、窓を開け放った彼らを背後から羽交い締めにする。

想像していたよりもあっけなく、さほど時間をかけることなく犯罪者たちを拘束することができた。

「信用回復は無理でしたね」

ヒューがテーブルの上に置いてあった大きな鞄の中身を確認してにやりと笑い、腕を縛られている最中のオスカリウス侯爵に向かって言った。

その一言で、侯爵ははめられたのだと気づいたのだろう。苦虫を噛み潰したような顔をした。そして、

「エリアス、裏切ったか」

ヒューの後ろにいたエリアスをぎろりと睨んだ。エリアスは彼の視線を真っ直ぐに受け止め、淡々とした口調で答える。

「俺は最初からあなたの味方ではなかった。だからその言葉は適切ではありません。でも、俺が流していた騎士団の情報はすべて嘘偽りはなかったですよ。ただ、大事なことを言わなかっただけです」

これまでヒューの言うとおりに、父親とダネルに従い、騎士団の情報を流し、彼らの信用を得てきた。

それもこれも、すべてはこの日のためにだ。

エリアスたちが違法薬物の押収と経路の特定に焦点を絞って捜査をしていたのは、オスカリウス侯爵の数ある犯罪のうち、他と比べてこれが彼にとって利益が大きいものだったからだ。オスカリウス侯爵を捕まえた後には彼に加担した人間が動きを見せる。焦った彼らがボロを出し、そこをすかさずつつけば芋づる式に他の犯罪も明らかになるだろうという算段だ。

そして今やっと、侯爵が犯罪者である決定的な証拠を摑んだ。

オスカリウス侯爵と薬の売人、そして彼らの護衛たちを拘束したヒューは、侯爵以外の人間を連れ出すように部下に指示した。

悪態をつきながら部屋から連れ出される犯罪者たちを見送った後、ヒューはクリスに頷いてみせる。

すると、それまで後方で援護に回っていたクリスが、侯爵の前に立った。

「これに見覚えがあるでしょう？　何年か前に、あなたが孤児院の子供を使って人体実験をした薬ですよ」

そう言ってクリスがポケットから取り出して侯爵に見せたのは、透明な小瓶に入った白い粉だ。ネノスの町から押収した液体の薬ではない。

それを軽く振りながら、クリスは鋭い眼差しで侯爵を見つめる。

「孤児院にいた人間を始末した上、建物を燃やして、あれで証拠はすべて隠滅したとでも思っていましたか？　こちらには証人がいるんですよ」

証人のことはエリアスも初耳だった。

孤児院にいた人間で、今生きていて行方が分かっている者となると、もしかして……。

「ノーラ・カレスティアか？」

エリアスと同じことを思ったのか、侯爵は僅かに眉を寄せて言った。しかしクリスは首を横に振って否定する。

「いいえ。彼女は院長のお気に入りだったので人体実験対象ではなかったんです。だから彼女は薬のことについてはほとんど知らないはずです」

なぜ、昔のノーラのことを知らないはずのクリスがそんなことまで知っているのか。エリアスも侯爵同様、険しい表情になってしまう。

「他に誰が？」

侯爵が問うと、クリスは途端に冷たい口調になって言い放った。

「貴様に教えてやるつもりはない。これがどんな薬か知っているか？　中毒性があり、使い続ければ廃人になるほど強いものだ。これで何人の人間がおかしくなったと思っている。貴様も同じ目に遭わせてやろうか」

彼が怒りをあらわにするのは珍しい。誰か知っている人間がこの薬のせいでおかしくなってしまったのだろうか。

侯爵は押し黙った。これ以上何か言えば、クリスは本当にその薬を飲ませようとする。そんな危うさがあった。

人体実験をしていたのだから、侯爵は薬の効果は知っていたに違いない。それなのに密輸し続けた。その罪は重い。

オスカリウス侯爵が、クリスと数人の騎士によって連行されて行った。

ずっと憎んでいた父親が逮捕された。何年もかけてやっと追い詰めたのに、捕まえるのは一瞬だった。思っていたよりもずっとあっさりとしたもので、エリアスは拍子抜けしてしまった。

店の外へ出てから、ヒューを見る。すると彼は、晴れ晴れとした笑みを浮かべて大きく頷いた。

「行ってこい、エリアス」

何も言っていないのに、ヒューはエリアスの言いたいことが分かったらしい。

エリアスは馬に飛び乗り、ネノスの町へと急いだ。

第八章

カチャ……と金属がぶつかるような音がして、ノーラは目を覚ました。

ぼんやりとする思考のまま体を起こすと、自宅のソファーの上に横たわっていたことに気づく。

「あれ……？」

なぜこんなところで寝ていたのかすぐには思い出せず、軽く頭を振る。すると、首元がちりりと痛んだ。

「あ、起きたね～」

首に手を当てて記憶を辿ろうとした時、聞き覚えのある声がした。慌てて視線を巡らせると、部屋の隅に男が立っているのが目に入った。

「あなた……」

ふわふわとした赤毛のその男は、エリアスと一緒にいた騎士団員だ。確か、ルイと呼ばれていた。

「君に必要以上に近づくとエリアスに怒られるからさ〜。俺はここにいさせてもらうね〜。気分はどう？」

壁に寄りかかったまま、ルイがにこにこと人懐っこい笑みを浮かべた。しかし、彼が手の中で弄んでいる短剣を凝視していたノーラには、言葉はまったく届いていない。

「私、どうして死んでないの？」

今ルイが手にしている短剣で、ノーラは自害しようとしていたはずだ。

短剣を首に押し当てたところまでは覚えている。けれどその先のことが思い出せなかった。

ルイはノーラが注視しているそれをちらりと見下ろし、にっこりと笑みを深くした。

「首を掻っ切る前に、俺が君を気絶させたから〜」

「どうしてあなたが？」

眉を顰めると、ルイはふいに真面目な顔になった。

「エリアスに君を守ってくれと頼まれたんだ」

予想外の言葉に、ノーラは息を呑んだ。

「エリアスは必ず君を迎えに来る。俺はそれまで君を守るためにここにいるんだ。エリアスを信じて、希望を持ってほしい」

それまでの間延びしたものではなく、真摯な口調でルイが言った。

エリアスが迎えに来る。

この三年間、何度夢見たことだろう。

けれど……。

ノーラはルイの言葉に頷くことができなかった。

❀ ❀ ❀

休憩もそこそこにネノスの町へと馬を駆けて来たエリアスは、急いでノーラの家へと向かった。

町の中心部へ入り、太い道から脇道へと方向転換して、自警団本部からほど近いそこへ馬を走らせる。そして彼女の家から少し離れた場所で馬を下りた。

「ルイ」

壊れそうな家が目視できるところまで近づいたエリアスは、どこへともなく声をかける。

すると家のすぐ近くの木の陰からルイが現れた。

「やっと迎えに来たか～」

「無事だろうな？」

潜めてはいるが、間延びしたその声を遮るように、エリアスは訊く。

ルイのいつもと変わらない様子を見れば無事だと分かるが、訊かずにはいられなかった。

「もちろん。短剣で首を切ろうとしていたから、止めようとしてつい気絶させちゃったけど、それは許してくれるよな？　意識を取り戻した彼女を説得するの、結構大変だったんだからさ」

答えるルイは笑顔のままだが、口調は真面目だった。

ヒューとの会話で、ノーラが自害する可能性があるのは分かっていた。けれど本当にそうしようとしていたことを聞いたら、血の気が一気に引いた。

「ノーラを助けてくれて感謝する」

エリアスが頭を下げる。するとルイは、その肩をぽんぽんと叩いた。

「本当は自分で守りたかったよな」

ルイはエリアスの葛藤を理解してくれているのだ。

彼の言うとおり、エリアスは自分の手でノーラを守りたかった。けれどエリアスには、クラウスが証拠を摑めなかった場合に備え、屋敷から密輸入に関する重要書類を盗み出す任務があったのだ。

それさえ終えればノーラとずっと一緒にいられる。それだけを支えに、少しの間彼女と離れることを我慢した。

エリアスたちが王都に戻るためにこの町を出た時、しばらく馬を駆けた後、ノーラを監視している人間に気づかれないようにルイだけ戻って来たのだ。そしてこっそりとノーラに張り付いていた。トーマスや自警団はクラウスの部下が見張っていた。だから本来ならルイが町へ戻る必要はなかった。

ノーラを守って欲しい。

エリアスがそう言ったから、ルイは一人でここに残ってくれた。ヒューも了承してくれた。そして彼女を守ってくれた。

以前のエリアスなら、自分が残って彼女を守ると言ってきかなかっただろう。けれど記憶を失って、エリアスは仲間を得た。仲間を信じて、ノーラを任せたのだ。

自分の変化に驚くと同時に、少しくすぐったくもある。記憶を取り戻したから、余計にそう思うのだ。

しかしのんびりしている暇はない。エリアスは気持ちを切り替え、表情を引き締めて問う。

「状況は？」

「自警団のほうは団長の隊が合流して動いている。それと、俺が彼女の家から出てしばらくするとトーマスが来た。その後、オスカリウス侯爵家の執事も馬車で彼女の家に来た。今、家の中にいる。何か話してるようだけど、ダネルが来てすぐに彼女に荷物をまとめさせてたから、迎えに来たんじゃないかな。罠とも知らずに、ちゃんと二人そろって来てくれたよ」

今まで、中の様子が見える場所で見張ってくれていたらしい。ルイの言葉に頷き、エリアスは足早にノーラの家の玄関に回った。侯爵が捕まった今、彼らを泳がせておく必要はない。それにエリアスにはひとつの策があった。

声をかけずに玄関を開け、遠慮なく中へと入る。すると入ってすぐの部屋に、予想どおり、ダネルがいた。

突然乱入して来たエリアスに驚愕の表情を浮かべるノーラに視線だけを向け、彼女の姿をダネルから隠すように立つ。

「エリアス様？」

僅かに目を見開いたダネルは、焦ったように何かを手で制した。

彼の手の先に視線を向けると、気配を消してひっそりと佇むトーマスがいた。相変わらず穏やかに微笑み、胡散臭い彼だったが、手を剣の柄にかけている。ダネルは、トーマスがエリアスに攻撃しようとしたのを止めたのだろう。

「オスカリウス侯爵が逮捕された。違法薬物の密輸の件でだ。証拠もちゃんと押さえてある」

淡々と告げるエリアスに、ダネルは探るような視線を向けてきた。

「何のことですか？」

密輸のことを、オスカリウス侯爵の側近である彼が知らないわけはない。エリアスはにやりと笑った。

「こんなところにいていいのか？　早く戻って、どうすれば侯爵家が存続できるか策を練らないといけないんじゃないか？　俺はあんな家、潰してしまってもいいんだ」

三年間彼の前ではずっと従順だったエリアスが突然攻撃的になったからだろう、ダネルは眉を寄せて確信めいた口調で言った。

「エリアス様、完全に記憶が戻ったのですね？」

「お前らが密輸している薬の調査でこの町に来たおかげでな」

皮肉を込めて笑うと、ダネルは黙り込んだ。

「お前らはなぜここにいる？　ノーラを何かに利用しようとしているのか？」

憎しみを込めてダネルとトーマスを睨みつけるが、彼らは何も答えない。扉付近にノーラの荷物がまとめて置いてある。ルイが言ったとおり、彼らはノーラを迎えに来たのだろう。彼女をどこか遠くへ連れて行くつもりなのだ。エリアスは出口を指差す。

「トーマス、お前がこの町の元締めだということは分かっている。事情をあまり知らないグレンは切り捨てるつもりだったんだろうが、他から情報を得て証拠は掴んでいる。すでに自警団本部は騎士団が包囲した。お前もすぐに捕まるぞ」

トーマスがちらりとダネルを見た。するとダネルは、確認するようにエリアスに尋ねた。

「エリアス様は、侯爵家を裏切るのですか?」

「裏切るも何も、俺は最初からあの家の人間になる気なんてなかった。継ぎたいと思ったことなんて一度もない」

吐き捨てるように言い放ったエリアスに、ダネルは小さく溜め息を吐き出した。

「そうですか……」

「でももし、お前が何もかもを素直に証言するなら、侯爵家の存続を考えてやってもいい」

不敵な笑みを浮かべ、エリアスは一つの提案をした。すると思ったとおり、ダネルが反応を見せる。

「といいますと?」

「三年前、孤児院が火事になり、院長を含め子どもたちが消えた。それはお前が関わっているんだろう? 誰に言われてやったのか、何もかも素直に証言しろと言っている。オスカリウス侯爵の逮捕で爵位は剝奪《はくだつ》されるだろう。だが、クラウス様に上に掛け合ってもらえば、もしかしたら免れることができるかもしれない」

「エリアス様が侯爵家を継ぐということですか?」

「爵位を剝奪されなければ、な。お前の大事な侯爵家を守ることができる可能性もあるってことだ。でもそれはあくまでも、お前がすべてを話すのが条件だ」

まるで洗脳されているかのように、侯爵家を守ることを第一に考えているダネルにだからこそ有効な取り引きだ。

「……いいでしょう。あなた方のほうが早かったですね」

しばしの逡巡の後、ダネルは頷いた。

「……三年前、孤児院の事件が起こった頃、侯爵は借金こそしていなかったものの、多額の金と信用を失っていました。そして、追い詰められた彼はとうとう禁句を口にしたのです。『爵位を売る』と。確かに、今この国では実力主義が浸透しつつあり、貴族の爵位もいずれ名ばかりのものになるかもしれません。とはいえ、いまだ貴族社会は影響力がありますから、特に侯爵の位は高く売れるでしょう。彼は貴族の誇りよりも金を取ったのです。私はその時、彼を見限りました。しかしその後、幸運にもエリアス様が記憶をなくした。私はあなたを理想的な跡継ぎに育て、爵位を継いでいただく計画を考えたのです。しばらく止めていた違法薬物の密輪を今年になって再開するように侯爵をそそのかしたのは私です。密売についてわざと足取りを摑めるようにもしました。最終的に、私が侯爵と関係者を殺すという筋書きだったのです。もし捕まれば、『すべてを仕組んだのは私、侯爵は私の悪事に勘付き止めようとしたので殺した』と供述するつもりでした」

ダネルはそこでふっと笑った。

「侯爵の手は汚れすぎていました。犯罪が明るみに出ると侯爵家の取り潰しは免れません。

その前に、私が彼を道連れにするつもりでいました。責任は問われるでしょう。ですが、きっと我々を捕まえるのはエリアス様たちだと思っておりました。侯爵が私を止めようとしていたという嘘の事実と、エリアス様の功績により、もしかしたら、侯爵家は残るのではないかと、そう考えたのです」

「勘違いするな。俺は侯爵家のためにあいつを捕まえようと思ったわけじゃない」

そこまでして守るほど侯爵家に価値はあるのだろうか。エリアスにはやはり分からない。

「分かっております。しかし今のあなたなら、すべてを捨てて逃げようとはしないでしょう。……あなたに従います、エリアス様。今から騎士団のもとへ行き、三年前のことも含め、私がお話しできることは何でも話しましょう」

完全に、オスカリウス侯爵を切り捨て、エリアスを選ぶということだ。

「ダネルさん」

トーマスが抗議の声を上げた。ダネルは一瞥しただけで彼を黙らせる。

「命びろいしましたね、トーマスさん」

静かな口調で言ったダネルに、トーマスの顔が引きつった。やはりダネルはノーラを移動させた後、トーマスを殺すつもりだったのだろう。

ダネルはいつもと変わらない紳士然とした様子で、トーマスを伴って部屋を出て行った。外に待機している騎士団によって彼らの身柄は拘束されるだろう。エリアスが来たので、ルイもその応援に回ったはずだ。

　エリアスは、ダネルとトーマスが出て行った扉をしばらく見つめてから、床に座っているノーラの前でしゃがみこんだ。

　訳が分からないという顔でノーラはエリアスを見つめる。

「懐かしいな、この家。昔俺が住んでいた家と似てる」

　感慨深く告げると、ノーラは目を瞠った。

「本当に、思い出したのね……」

　ダネルとのやり取りを聞いただけでは半信半疑だったらしい。エリアスの記憶が本当に戻ったのだと分かったノーラは、何と言っていいのか迷っているような顔をした。

「ダネルは何をしに来たんだ？」

　エリアスがダネルの名前を出すと、途端にノーラの顔が強張る。

「あいつに何を言われた？」

　きっとノーラにとって面白くもないことを言われたに決まっている。

　優しく尋ねたエリアスに、ノーラは震える声で答えた。

「ここはもうエリアスに知られてしまったから、違う場所に移動するって。自警団の人たちが後から荷物を運ぶから何も持たずについて来いって言ってた。それと、この先エリアスと二度と会うことはないだろうから、希望は持たないほうがいいって……」

「言うとおりにする気だったのか？　俺は必ずノーラを迎えに来るって玄関前の地面に書いてあっただろう？」

　つい責めるような口調になってしまった。するとノーラが泣きそうな顔でエリアスを睨む。

「そんなの書いてなかったわ。でも、ルイって人が、エリアスは必ず迎えに来るから希望を持てって言ってくれた。私もそれを期待したわ。だけど……」

　どうやら、エリアスの書き置きは誰かに消されてしまったらしい。

　エリアスは手を伸ばしてノーラの頬に触れ、彼女の言葉を遮る。そして戸惑ったようにエリアスを見るノーラの唇を親指で撫でた。

　以前は確かに引き離された。屋敷を抜け出してもすぐに連れ戻され、ほんの数回しか会うことが叶わなかった。ノーラを不安にさせ、父親の手の中でもがくばかりだった自分が不甲斐ない。でも今は違うのだ。

「なあ、ノーラ。俺の記憶が戻って嬉しいか？」

　優しく問いかける。すると彼女はエリアスから視線を逸らし、固い口調で言った。

「三年前、ダネルさんから大金をもらったの。エリアスとの手切れ金よ。だから私はエリアスから離れたの」

　それは、記憶が戻っても嬉しくないということだろうか。

エリアスはノーラの頬から手を離すことなく、抑揚のない声で問う。

「俺より金を選んだのか？」

「そうよ」

ノーラは頷き、口を引き結ぶ。エリアスはふっ…と小さく笑った。

「それなのに俺のために死のうとするなんて、矛盾してないか？」

首を傾げてノーラの顔を覗き込むと、彼女の瞳が大きく揺れる。エリアスは笑みをたたえたまま囁いた。

「自害しようとしたんだって？」

びくりとノーラの肩が揺れる。ルイの言葉を聞いた彼女はエリアスがここに戻ってくることを期待していたはずだ。だから再度自害しようとしなかった。そう思うのは思い上がりだろうか。

エリアスは、ノーラの首筋にうっすらと残っている赤い傷跡を指で辿った。薄皮を切ったところでルイに止められたのだろう。

「ノーラが俺のために死ぬなんて、そんなの絶対に嫌だ。死ぬ時は一緒だって約束しただろう？」

真っ直ぐにノーラを見つめて強い口調で告げると、彼女の瞳が潤んだ。その瞳を見るだけで分かる。彼女の気持ちはあの頃と何も変わっていない。エリアスと同じように、彼女もエリアスを想ってくれている。

　エリアスはノーラの手を握り、どうしても訊きたかったことを問う。後でダネルからも聞けるだろうが、彼女の口から聞きたかった。

「三年前、何があった？　俺が気を失った後、いったいどうなったんだ？」

　孤児院の院長と揉み合いになり、エリアスが気を失った後のことが原因で、二人は離れ離れになってしまったのだ。それ以外は考えられない。

　もしノーラが王都にいれば、もっと早く再会できたはずだ。そうすればエリアスの記憶だってすぐに戻っただろう。けれどノーラはこんな国外れの町にいた。エリアスが偶然この町に来なければ、この先何十年もノーラのことを思い出せずにいたかもしれなかった。

　なぜノーラはこの町で別人として生きなければならなかったのか、その理由を知りたかった。

「教えてくれ。あの日何があったか。俺たちはどうして三年間も離れ離れになっていたのか。お願いだ、ノーラ。俺にすべてを話してくれ」

　エリアスは必死に懇願する。するとノーラは俯いて下唇を噛み締めた。

　沈黙が続く。

　言いたくない。ノーラがそう思っているのは手に取るように分かった。けれどエリアスは彼女の両手を包み込んで、話してくれ、と重ねて言った。

再び長い沈黙が続いたが、じっと待つエリアスにちらりと視線を向けたノーラは、その強い眼差しに負けたように目を閉じ、重い口を開いた。

「分かった。すべて話すわ。あの時――」


三年前。

突然、騎士団の人間が孤児院に来た。ヒューの言葉で思い出したが、あれは彼だったのだ。彼は、適当な理由をつけてノーラを呼び出し、こっそりと紙を握らせた。

そこに書いてあったのだ。エリアスの字で、『明日、日が沈んだら街外れの聖堂前。一緒にこの街を出よう』と。

嬉しかった。

エリアスに会える。そう思うだけで心が躍った。

だから次の日の昼頃、二人で逃げられる用意をするために買い物をしに市へと向かった。そこで、何かの犯人を追っている騎士団の一人とぶつかった。ぶつかった拍子に腕輪が外れてしまったらしいが、それに気づいたのは帰り道でだ。すぐに探しに戻ったが、どこにもなかった。

待ち合わせの時間が迫っていたので、荷物を取りに失意のまま孤児院に戻ると、門限を破ったと院長がノーラを咎めた。そしてそれを理由に、離れにある院長室に連れて行かれたのだ。

そこでノーラは説教をされ、その後突然院長に襲いかかられた。

エリアスと会えなくなって泣き暮らすノーラに、孤児院の院長が性的ないたずらをし始めたのは、エリアスが侯爵家に連れて行かれてからだった。

最初は偶然を装って体に触れてくるだけだった。けれど、違法薬物に手を出していた院長は日に日に様子がおかしくなり、血走った目でノーラに触れてくるようになった。そして次第にそれは度を超していき、人気のない場所で抱き着いてきたり、服を脱がせるようになったのだ。

他にも被害者はいた。けれど彼らは、様子がおかしくなった途端に姿を消した。自分もそうなるのではないかと恐れ、毎回なんとか逃れてきたが、今回は本当にもう駄目だと思った。

院長は、頭上でノーラの両手をひとくくりにして押さえつけ、空いたほうの手で小瓶を握っている。その中身をノーラに飲ませようと躍起になっているのだ。

それが違法薬物だとすぐに分かった。そしてそれを飲んでしまえば、他の子供同様、ノーラも正気ではいられなくなるのだろうということも予測できた。

「これを飲めば気持ちよくなれるんだ。飲め！」

強引に口に小瓶を押し当てられるが、首を振って拒む。

「いつかお前に使ってやると決めていたんだ！　いいからおとなしく飲み込め！」

きつく唇を引き結び、ノーラは渾身の力を込めて腕を振り上げた。小瓶の中の白い粉を飲ませることに意識を集中していた院長は、ノーラの腕を拘束していた手の力を緩めていたらしく、その手ごと思った以上に大きく振り上がる。バランスを崩した院長が、どさりと倒れた。

小瓶が宙に舞い、数秒後、ガラスが割れる音がした。ベッド下に落ちた小瓶が割れたのだ。

それを見た院長の顔が怒りに歪む。

「なんてことをしてくれたんだ！　あれは混ざりもののない高価なものだったんだぞ！」

激昂した彼は、今度こそ容赦のない力でノーラをはり倒した。

「嫌ぁ……っっ！」

圧し掛かってくる太い体が気持ち悪くて、必死に手足を使って押しのけようとした。けれど、いくら抵抗しても、大人の男の力には敵わなかった。

服を裂かれ、体をまさぐられる。その手がおぞましくて吐き気がした。

嫌で嫌で逃げたくて、懸命に手足を動かす。それでも非力な体では大の男を押しのけることができなかった。

やだ！　やだ！

助けて、エリアス……！

そう思った時だった。

何かが割れる音がしたと思ったら、窓からエリアスが飛び込んで来たのだ。

「エリアス！」

エリアスが助けに来てくれた。それだけで、もう大丈夫だと思った。

慌てた院長が立ち上がる前に、エリアスは素早い動きで持っていた剣で彼を斬りつけ腹部を刺した。院長は悲鳴を上げ、ベッド脇の床に転がる。

「絶対に許さない」

エリアスは縋りついたノーラを抱き締めながらそう呟き、院長の脂肪で突き出た腹を貫いていた剣を抜いた。血しぶきが上がり、エリアスが赤く染まる。

「殺してやる」

明確な殺意を持って、エリアスは再び剣を振り上げた。しかし剣は肉ではなく床に突き刺さった。

まだ動けるらしい院長が、転がって逃げたのだ。エリアスはノーラから離れ、床から剣を抜くために柄を摑む。その時、院長がふらふらと立ち上がった。

「エリアス！」

慌てて叫んだが一瞬遅く、院長はエリアスが剣を抜く前に彼に襲いかかってきた。その手にはいつの間にか鋏《はさみ》が握られている。

院長は何かを言いながらエリアスに鋏を振り上げ何度も攻撃した。けれどエリアスはそれを避け続け、隙を見て院長の手を蹴り上げて小さな凶器を遠くへと飛ばした。しかし鋏がなくなっても院長は怯まなかった。

お互いに服を掴み合ったと思ったらそこから揉み合いになり、床に散った院長の血でエリアスが足を滑らせた。運が悪いことに、エリアスが倒れたところには棚があった。その角に強く頭をぶつけたエリアスは、そこで気を失ってしまう。

院長はふらつきながらも、エリアスが持っていた剣に手を伸ばした。

「やめて！」

ノーラは慌ててエリアスに駆け寄り、院長より先に剣の柄を掴んだ。そしてそれを、院長に突きつける。

剣は思ったよりも重い。でも、こんな男にエリアスが殺されるなんて絶対に嫌だった。

それならいっそ――。

「剣をよこせ！」

巨体を揺らして、院長がノーラに向かって腕を振り上げた。

「……っ……！」

ノーラは歯を食い縛り、院長目掛けて剣を振り下ろした――。

とにかく無我夢中だったため、それから何があったのか正確には分からない。気づいた時には、ノーラは血濡れた剣を持って立っていた。

「何があったのですか？」

静かな声だった。その声にはっと我に返ると、血まみれの院長が床に倒れていた。彼はぴくりとも動かない。

「何があったのですか？」

再度問いかけられ、ノーラは視線を横にずらした。

エリアスの体を抱き起こしながら、ダネルがこちらを見ている。彼はちらりと院長に視線を向けた。

「あなたがこの男を？」

そう言われて初めて、自分が院長を殺したのだと理解した。

「エリアスが……殺されそうだったから……」

そんなの絶対に嫌だから……。ノーラの小さな呟きに、ダネルはすべてを悟ったようにしっかりと頷いた。

「エリアス様を守ったということですか」

エリアスを守った……？　私は、エリアスを守れた？

「あなたは、オスカリウス侯爵家の嫡男の命を救ってくれました。だから今は殺さないでいてさしあげます。この場は私にお任せください。この男は秘密裏に始末しましょう」

ダネルの言っていることが右耳から左耳に通り抜ける。

エリアスが死ななかった。その事実を理解すると、安堵で腰が抜ける。

ノーラはへなへなと床に座り込んだ。するとダネルがノーラの前で膝をつき、顔を覗き込んできた。

「その代わり……あなたにはこの街を出ていただきます。今の名前を捨て、国外れの町で私の監視下のもと暮らしてください」

彼は何を言っているのだろう。

この街を出る？　それは今日、エリアスと一緒にしようとしていたことだ。

ダネルはエリアスから腕輪を外し、ノーラに渡した。

それを受け取りながら、もう自分はエリアスとは会えないのだということだけは分かった。エリアスと一緒に街を出るんじゃない。ノーラはエリアスと離れ離れにされるのだ。

この腕輪は決別の印なのである。

それからノーラは、ダネルの指定どおり、国外れの町で一人暮らしを始めた。ぼんやりとしている間にこの町に連れて来られたと言ったほうが正しいかもしれない。

数日間は、なぜ自分がここにいるのか理解できずにいた。

しかし理解した途端、自分の犯した罪に震えた。居ても立ってもいられず、自警団のところに行って自首をした。けれど、その時話を聞いてくれた団長のトーマスに揉み消されてしまった。

それで気づいたのだ。トーマスが自分の監視役で、この町ではノーラが何をしてもすぐに揉み消されてしまうのだと。だからこそ、ダネルはここにノーラを閉じ込めているのだろう。

そして数日後、ダネルがやって来て、あのいつもの穏やかな顔で言った。

「エリアス様が目を覚ましました。けれど、今までの記憶をすべて失っています」

「え……?」

「当然、あなたのことも覚えていない」

エリアスが、何も覚えていない。

それは、信じがたい事実だった。

出会った時のことも、ハンカチをくれた時のことも、おそろいの腕輪をつけて将来を誓い合った時のことも、エリアスは覚えていないというのか。

「もし覚えていれば、エリアス様は何が何でもあなたを探しに向かったでしょう。それを懸念していましたが、幸運にも記憶を失ってくれたため、今はおとなしく屋敷で療養しています」

そうだ。エリアスなら、ノーラを探しに来てくれるはずだ。無理をしてでもノーラに会いにきてくれる。

けれど今は、ノーラのことを忘れて、屋敷でおとなしくしていると言う。

「いい機会ですので、あなたにはこれでエリアス様との関係を一切絶っていただきたい。あなたはこの先一生、別人として生きるのです。あなたからはもう二度とエリアス様にはお会いになりませんように。身分が低く、人殺しのあなたは、侯爵家を継ぐエリアス様にはふさわしくないですから」

そう言ってダネルが差し出したのは、ずっしりとした重みのある厚手の袋だった。

中身を見ると、数え切れないほどたくさんの金が入っていた。

こんなものでエリアスとの関係を絶ちたくなんかない。けれどダネルの言った『人殺し』という言葉に、ノーラの胸はずしりと重くなった。

ノーラはエリアスにふさわしくない。……そのとおりかもしれないと思った。

院長を殺さなければエリアスが危なかった。だから院長を斬ったことに罪悪感はない。でも、そんなふうに、人を殺しても罪の意識を感じていない自分は、エリアスに相応しくないと思ったのだ。

エリアスがノーラのことを忘れてしまったのは、すごく悲しい。胸が痛くて息ができない。

でも、忘れて良かったのかもしれないとも思った。

人の命を奪ったのに、後悔もせずに生きていられる自分を、エリアスに見られたくない。

自分勝手ではあるが、エリアスに会えなくて、少しだけ安心している自分がいる。

「こんなの、いりません」

こんなものなんてなくても、ノーラは自分からエリアスに会いに行くことはないのだから。

袋を返そうとすると、ダネルは首を振ってそれを拒否した。

「受け取っていただきます。それが誓約書の代わりです。この先、万が一エリアス様が記憶を取り戻された時も、絶対によりを戻したりしないように。それだけ約束してください」

殺人犯のあなたでは、エリアスにふさわしくない。

ダネルは念を押すように繰り返した。

その後、院長を始末したこと、子供たちを他国の孤児院へ移したこと、そしてノーラのいた孤児院を燃やしたことを告げられた。

なぜ子供たちを移動させ、孤児院を燃やしたのか、その理由は聞いても教えてもらえなかった。気になったが、ノーラには知る術がなかった。

そうしてノーラは、この町で三年間を過ごしたのだ。

話を終えると、エリアスは震えるノーラを抱き締めてくれた。そして真実を教えてくれる。

「子供たちが連れ出されたのは、院長に薬の実験をされていたからだ。オスカリウス侯爵が、密輸した薬の効果を試したくて院長を利用したんだ。その証拠をすべて隠滅するために孤児院に火をつけた」

やはり……とノーラは思った。

院長が違法薬物に手を出していると気づき、様子がおかしくなった子供たちが姿を消すようになっていった頃から、何かがおかしいと思っていたのだ。それが侯爵の仕業だとは知らなかったが、孤児院を燃やしたと聞いて、ずっと何かが引っかかっていた。

エリアスはノーラの髪に顔を埋めた。そして震えの止まらないノーラを落ち着かせるように、背中を優しく撫でる。

「ノーラは俺を守ってくれただけだろう。殺人犯なんかじゃない。それを言うなら、本気であの男を殺そうとした俺のほうが殺人犯だ」

でも……とエリアスは続ける。

「ノーラの腕力で重い剣をそう簡単に扱えたとは思えないし、人を斬るには力がいる。ノーラに人を斬れるとは思えない」

どうしても腑に落ちない、とエリアスは言う。

けれど実際に、ノーラは院長に剣を振り下ろした。そして彼はぴくりとも動かなくなったのだ。それはノーラが彼を殺したということだろう。

「それにノーラの記憶が正しいのなら、ダネルの『この男を始末する』という言い方が気になる。まだ生きていることを知っていたから死体と言わず、そう言ってしまったんじゃないか？　多分、殺したのはノーラじゃない」

抱き締める腕を緩め、ノーラの目を真っ直ぐに見つめながらエリアスは言った。ノーラはその視線を直視することができない。

「でも、私は確かに剣であいつを斬ったの。だから……」

「もし俺があいつを殺していたら？　ノーラは俺から離れたか？」

「え……？」

突然予想外の質問をされ、ノーラはきょとんと首を傾げた。

「どうだ？」

真面目な顔のエリアスが、ノーラをじっと見つめる。ノーラは質問の意味を理解すると同時に、きっぱりと断言した。

「離れない」

するとエリアスは、眉間にぐっと皺を寄せる。

「それならどうして俺から逃げた？　俺はノーラが人を殺していようが関係ない。それはノーラも同じだろう？」

冷静に考えればそのとおりかもしれない。けれど、エリアスに知られるのが怖かったのだ。つくづく自分のことしか考えていない……とノーラは落ち込む。

自己嫌悪に襲われ、エリアスと目を合わせていられなくなり、ノーラはさっと視線を逸らした。すると、彼のまとう空気が一瞬にして冷ややかになる。

「それとも本当は、ノーラに執着して周りを傷つける俺が怖かったから逃げたのか？」

ノーラは驚いて思わず視線を戻す。

なぜそんなことを思ったのだろう。エリアスが怖いから逃げようなんて思ったことは一度もない。

すぐに否定しようと口を開いた。けれどその直後、再会してからのエリアスを思い出し、言葉を変える。

「……私と一緒にいた時より、記憶をなくしていた時のほうが、エリアスは穏やかで幸せそうだった」

不満げな口調になってしまっただろうか。エリアスは今度は不思議そうな顔になった。

「心が大きく動かなかっただけだ。だから穏やかに見えたんだろう」

「それでも、私が傍にいないほうがエリアスは心穏やかでいられるのは確かでしょう。私は……エリアスから離れていたほうがいい」

拗ねているわけではなく、それも本心だった。

エリアスは変わった。今の彼ならきっと、ノーラがいなくても笑っていられる。

「だったら、どうして俺の腕輪を身につけているんだ？　本当にそう思っているなら、こんなもの捨ててしまえば良かっただろう」

ぐいっとノーラの足を摑んだエリアスは、そこにまだ彼の腕輪がはまっているのを確認しながら言った。ノーラもつられて、鈍く光る銀の環に目を落とす。

もうエリアスとは二度と会えないと打ちのめされながらも、心の底では、いつかまた昔と同じように一緒にいられるようになるんじゃないかと思っていた。この腕輪は、その小さな期待を捨て切れなかったから今もここにある。これはノーラの生きる希望だったのだ。だから、自分がエリアスの重荷になると分かっていても自ら命を絶つことができなかった。

「俺は、ノーラが絡むと感情が制御できない。今だってそうだ。昔、母さんの知り合いだっていう人が言ってたんだ。母さんは恋人がいたのに無理やり侯爵に乱暴されて俺ができたんだって。本当かどうかはわからない。けど、母さんが俺に言えない何かを抱えていたのは確かだった。母さんは俺を見て、すごく辛そうな顔をすることがあったから。俺という存在が母さんを苦しめているのが辛かった。そんな俺をノーラが救ってくれたんだ。俺だから俺、ノーラに他の男が近づくのが許せない。ノーラがもし母さんみたいな目にあったら、誰かに無理やり奪われることがあったらと思うと、ものすごく怖いんだ」

エリアスは苦い顔をしてそう告白した。

エリアスの母親が無理やり侯爵の愛人にされたなんて、今まで知らなかった。エリアスが、ノーラに近づく男に過敏に反応するのは、そんな訳があったのか。

驚くノーラに、彼は哀願する。

「でも、これからはなるべく抑える。人をむやみやたらに傷つけないようにする。それなら一緒にいてくれるか？」

ノーラは答えられなかった。

何が良くて、何が悪いことなのか分からなくなっていた。

このままエリアスと一緒にいられるのならノーラも幸せだ。けれど、本当にそれでいいのだろうかと自問自答する。

「ノーラがいないと俺は幸せを感じない。頼むから離れないでくれ」

愛する人がこんなにも求めてくれている。それなのにすぐに応えられない自分が不甲斐ない。

彼は何も言わないノーラをじっと見つめた後、覚悟したように固い声で言った。

「一緒に生きるか、今ここで一緒に死ぬか、どちらかを選んでくれ」

突然何を言い出すのか。

しかしそれが冗談ではないということは分かった。エリアスの手が剣の柄に伸びている。途端に、エリアスが血だらけで倒れている姿を想像してしまった。ノーラは慌てて答える。

「エリアスには、死んで欲しくない」

生きていてほしい。たとえノーラのことを忘れていたままでも。ずっとそう思っていたのだ。

「それなら、俺と一緒に生きるほうを選べ」

これは脅しだ。けれどノーラは、その言葉に救われた。

一緒に生きるか、一緒に死ぬか。この先何度同じ質問をされても答えは同じだからだ。

ノーラはエリアスに死んで欲しくない。だから一緒に生きるほうを選ぶ。

ごちゃごちゃと難しく考えているのが馬鹿らしくなるほど、簡単な答えだった。

「……一緒にいてもいいの？」

窺うようにエリアスを見ると、彼は泣きそうな顔で笑い、両手を大きく広げてノーラを抱き締めた。

「当たり前だろう……！」

耳元で聞こえるのは、嬉しそうな声。エリアスが喜んでくれているのが分かる。

一緒にいていいのだ。

改めてそう思うと、胸がぽかぽかと暖かくなった。

嬉しかった。けれどそれは、あまりにも自分に都合が良すぎないだろうか。

再会してからも、ノーラはエリアスから逃げてばかりだった。彼ときちんと向かい合おうとせず、自分の心を守るために彼を拒絶した。

そんな自分に、エリアスを受け入れる資格があるのだろうか。

――そう思っていたのに、自分は今、浅ましくエリアスを求めている。

結局、すべて『エリアスのため』と言いながら、自分が傷つきたくなかっただけなのだ。ノーラが人殺しだと知ったエリアスの瞳が曇るのが怖かった。目を逸らされるのが怖かっただけだ。

エリアスから逃げながらも、捕まえてほしいと思っていた。いつも矛盾した気持ちを抱え、どれが自分の本心なのかノーラ自身にも分からなくなっていた。けれど、やっと分かった。

ただ、エリアスと一緒にいたい。

それがノーラの本音だった。

ノーラはエリアスの肩から顔を上げて、彼の顔を覗き込んだ。

「エリア…んっ」

名前を呼ぼうとしたノーラの口を、エリアスが自身のそれで塞いだ。口を開いた状態だったので、戸惑う間もなく舌を絡めとられる。舌先で表面から裏側まで丹念に愛撫され、上顎をくすぐられた。

「んん…っ…」

むず痒いけれど気持ちいい。

ノーラは目を閉じてエリアスの背中に腕を回す。するとエリアスは口を大きく開けて、更に奥へと舌を差し入れてきた。

エリアスのキスは優しくない。けれど、そんな蹂躙されるような激しささえ愛しい。優しくなくてもいいだなんて、徐々に暴力的になったエリアスと一緒にノーラも変化していたのかもしれない。

「ノーラ、したい。駄目？」

ノーラの下唇を啄ばみながらエリアスは囁いた。瞼を持ち上げると、目元をうっすらと赤くしたエリアスの顔があった。

その顔を見てしまうと駄目だとは言えない。

グレンに薬を盛られた時が最後の行為だと思っていたのに、こうしてまたエリアスと抱き合えるとは思っていなかった。

だから、余計に嬉しい。

ノーラは今度こそきちんと状況を把握した上で、したい、と頷いた。

それを聞いて嬉しそうに笑ったエリアスだったが、直後、何を思ったのかぐるりと部屋を見回した。

「ベッドは？」

その質問の意味が一瞬分からなかった。しかしすぐに理解し、ノーラは顔を赤くする。

あまりにも情緒がない。しかしその無神経さがエリアスだから仕方がない。

「あっちの部屋」

寝室へと繋がるドアを指差すと、エリアスは素早くノーラを抱き上げて、隣室へと向かった。そしてベッドにノーラを下ろすと同時に、がぶりと首筋に噛み付いた。

「んっ……！」

痛いけれどそれが甘い刺激となる。

首筋に舌を這わせたエリアスは、器用に片手で胸元のリボンを解き、ノーラの服をすべて脱がせた。

その大雑把さがエリアスらしくて、小さな笑いが漏れる。

彼は最初にノーラを全裸にし、体中に触れるのを好む。それは三年経っても変わっていないらしい。

エリアスに服を脱がされている間、ノーラも彼の上着を脱がせ、シャツのボタンを外した。すると、ノーラの服を脱がせ終わったエリアスが自らのシャツを脱ぎ捨て、もどかしげに覆いかぶさってきた。

指を耳の後ろから鎖骨へと滑らせたエリアスは、唇に軽く口づけた後、乳首を口に含んだ。

「あんん……っ……ぁ」

ぴりぴりとした快感にびくりと体が震える。舌で転がすようにされると思わず胸を押しつけるように体が浮いた。

肩から腰へと下りていく指がくすぐったい。けれどそれすらも快感になり、太ももの内側をするりと撫でられ、背筋にむず痒い痺れが走った。

軽く触れるだけのそれが、ノーラの全身に火をつけていく。

乳首を舌で押し潰され、時折吸い上げられた。強弱をつけて繰り返されると、じんじんとする快感で体が疼く。

熱い吐息とともに漏れる声が、だんだん高くなった。

体中を撫で回していたエリアスの手が、ふいに秘部に触れる。

「っあぁ……！」

割れ目をゆっくりと上下に動く指が、くちゅくちゅと水音を立てた。その音に、自分が思っている以上に愛液が溢れ出していることを知る。

そしてエリアスの指が陰核を捉えた瞬間、ノーラは息を飲んだ。びりっとした衝撃が全身を駆け巡ったのだ。

　薬で体がおかしくなっていた時は、何もかもが快感に変わって頭もおかしくなっていたが、今は意識はしっかりとしている。

　ノーラにとってこの強い刺激は忘れかけていたものだった。

「ぁああ……んっ……ま、ぁ…て…」

　快感が強すぎてつらい。ノーラは思わず、陰核を撫でているエリアスの手を摑んだ。

「どうした？」

　低く優しい声でエリアスは囁いた。その声に大人の色気を感じてしまったノーラは、快感にも似た何かが耳から背筋へと走り抜ける感覚に、ふるりと体を震わせる。

「ノーラ？」

　不思議そうに目を細めるエリアスに、ノーラは涙ぐみながら口を開く。

「刺激が……強いの」

　体が敏感になっていて、少しの刺激にもびくびくと跳ねてしまう。それが恥ずかしくて、ノーラは目を伏せた。

　するとエリアスがふっと小さく笑った気配がした。

「ノーラ……」

　エリアスの手を摑んでいたノーラの手をゆっくりと外しながら、エリアスは甘い声を出した。

名前を呼ばれたので、そっとエリアスに視線を向ける。

「俺、記憶を失くして、ノーラにしか興味がないって思い知った……」

ぽつりと告げられた言葉に、ノーラは首を傾げた。いきなり何を言い出すのかと思ったのだ。

きょとんとした顔のノーラに、エリアスは愛しくて仕方ないという表情を見せた。

「記憶がなかったこの三年間、女にまったく興味がなくて、自分はどこかおかしいんだと思っていた。でも違ったんだ。俺はノーラにしかこういうことをしたいと思わない。ノーラじゃなくちゃ駄目なんだ」

言って、彼は動きを再開する。突然頭を下の方へと移動させたと思ったら、ノーラの陰核を舐めた。

「んあぁぁ……っ」

陰核を指よりも柔らかくぬるりとしたもので包まれ、脳天まで快感が突き抜けた。頭の中が真っ白になり、思考が奪われる。

舌がぐりぐりと陰核を愛撫し、指が膣口を往復する。そして膣内に一本の指が挿入された。

「んんっ……！」

一瞬の圧迫感の後、すぐに腰が浮くほどの刺激がノーラを翻弄する。陰核を舐められながら指を出し入れされ、一気に押し上げられるその快感に太ももが痙攣し始めた。

ぐちゅぐちゅという音が、エリアスの唾液なのか膣内から溢れ出した愛液なのか分からないほど大きく響いている。

意識は朦朧としていて、何も考えられなくなった。

エリアスの指は的確にノーラが感じる部分を押し上げ、容赦なく絶頂へと導いた。太ももから全身に痙攣が伝わっていく。

「や、や……ぁあんん、ああっ！」

一際大きく体が跳ね、足の指が引き攣るほどにぴんと伸びる。がくがくと震えた体は、次第に力を失った。

「こんな気持ちになるのは、ノーラにだけだ」

ぼんやりと天井を見上げていたノーラに、いつの間にか秘部から顔を上げていたエリアスが頬を寄せる。

下腹部あたりでごそごそと何かが動いた。

エリアス……。

心の中で彼の名を呟いたその時、何の前触れもなく一気に膣内に猛りが押し入った。

「……っっ……！」

まだ呼吸も整っていないノーラだったが、その衝撃に一瞬息が止まった。

体が弛緩していたとはいえ、質量のあるそれを挿入されて何も感じないわけはない。膣内を押し広げられた苦しさで硬直する。しかし達して敏感になっていた体は、喜んでエリアスの剛直を受け入れ、きつく締め付けた。

エリアスが息を詰めて動きを止める。眉を寄せたその顔が男の色気を発していて、声だけではなくその表情にノーラの胸は熱くなった。

会わない間に大人になったエリアス。

もちろん同じようにノーラも成長したが、彼の成長過程を見られなかったのはやはり悔しい。

ノーラが手を伸ばしてエリアスの髪を撫でると、彼は微笑んで腰を動かし始めた。軽く揺さ振られているだけなのに、気持ちが良くて呼吸が荒くなる。

「ノーラも、俺だけだよな？」

膣内の感触を味わうようにぐるりと腰を動かすのを止めることなく確認するように訊かれ、ノーラはその快感に意識をもっていかれそうになりながらもうんうんと頷いた。

「エリア、スだけ……あぁんっ……」

ノーラの答えに、エリアスは安心したように笑った。そして上半身を起こすと、ノーラの両足を抱え上げて腰の動きを速くする。

昔の記憶とは違う、深くまで届くそれにノーラは戸惑った。奥を突かれる度にびりびりと痺れる何かが足の先から頭の天辺まで駆け巡るのだ。

ノーラの変化にエリアスも気づいているのだろう。激しく奥を突いてくる。

「あ、あ、ぁ……あ、や…ん」

動きに合わせて途切れ途切れの声が漏れる。膣内もぎゅうっと猛りに絡みついた。

「ノーラ、いく?」

苦しそうなエリアスの声に、ノーラは目線で頷く。

「ん……も、や……だめ……あああっ……!」

がんがんと乱暴に腰を押しつけられて、ノーラは痛いくらいにきつく眉間に皺を寄せた。

全身が小刻みに痙攣し、エリアスが覆いかぶさってきたと思ったら、体内が熱くなった。

彼の白濁が膣内に叩きつけられたのだ。

「……んんぁ……」

びくびくと震える猛りに、膣内も反応して収縮を繰り返す。

ちゅっちゅっと音を立てて、エリアスがノーラの瞼や頬に口づけた。視線が合うと、柔らかく微笑んでくれる。

「すごく、気持ちいい」

「うん」

エリアスとの行為はいつも怖いくらいに気持ちが良い。

それはきっと、お互いに想い合っているからだ。エリアスが好きだと思うほどに感度は上がり、快感に上限がなくなる。

けれど、触られれば触られるほど淫らになる自分が恥ずかしい。

「エリアス……」

これ以上おかしくなってしまう前に、まだ膣内を占領しているものを抜いてもらおうと思い、ノーラは身を捩った。

すると、なぜか膣内の圧迫感が増した。

「……復活」

そう言っていたずらっ子のように笑ったエリアスは、ノーラを抱きしめ、ぐるりと反転した。彼はノーラを体の上にのせるのが好きらしいのだ。

ノーラはエリアスに体重をかけないように、少しだけ上半身を起こす。すると、再び大きくなった猛りが、更に深く入り込んだ。

はあ……と熱い息を吐き出したノーラをじっと見つめ、エリアスはふいに真面目な顔になった。

「ノーラに俺の知らない三年間があるのが嫌だ」

「え……？」

「俺は、ノーラのすべてを知っていたい。だから、俺の知らないノーラがいるのがすごく悔しい」

子供のような言い分だが、ノーラにはその気持ちが痛いほど分かった。

それはノーラも思っていたことだ。三年の間に立派な青年に成長したエリアスを見ていることができなかったのが悔しい。それは、こうして大人になったエリアスと向き合っているから思うことで、離れている間はそれが大事なことだと気づきもしなかった。

「私も、同じ気持ち」

でも、過去を取り戻すことはできない。だから……。

「離れていた間の時間を埋めるくらい、くっついていよう？」

ノーラはエリアスに抱き着いた。広くなった肩幅が切ない。そこには覚えのない小さな傷がいくつかついていて、騎士として彼も頑張っていたのだと知る。

「もう二度とノーラのことを忘れたりしない」

ノーラの髪に顔を埋めて、エリアスは『絶対だ』と断言した。

記憶を失っていた三年間はエリアスにとって無駄ではなかったとノーラは思う。

人付き合いがうまくなっていたし、ノーラを取り巻く人々にも昔より寛容になった。彼がノーラ以外にも目を向けるようになったからだろう。少し寂しいけれど、生きて行くには必要な処世術だってあるのだ。エリアスはそれを少しずつ得始めている。

「忘れていてごめん……」

苦しそうな謝罪に、ノーラは体重をかけまいという気遣いを忘れ、抱き着く腕に力を込める。

「それなら私は、逃げてごめんなさい」

ノーラのことを覚えていなかったはずのエリアスが追いかけてきてくれたのに、それを振り払った。きっと彼を傷つけただろう。

ノーラは顔を上げた。すると同時にエリアスもノーラを見る。

自然と笑みが零れた。

この人が好きだ。改めて強く思う。

「動いていい？」

真面目な話をしていたため、繋がったままだったことを忘れていた。けれどエリアスにそう訊かれて、途端に膣内の猛りを意識してしまった。

「……んっ……あ……」

返事をする前に、エリアスが腰をゆっくりと突き上げてくる。

「全然重くないから、体重かけていいよ」

エリアスがそう言って優しく微笑んだ。腕で体を支えようとしていたノーラは、その言葉に甘え、回すようなねっとりとした揺さ振りに身を任せた。

「ノーラ、キスしたい」

耳の中に息を吹き込むように囁かれ、ノーラはびくりと肩を揺らす。

恐る恐る逞しい首筋から顔を上げると、すぐにエリアスの顔が近づいて来た。反射的に目を閉じて唇が重なるのを待つ。

唇が触れ、振動で僅かに歯が当たった。しかし痛みを感じている暇はなく、すぐにエリアスの舌が口腔に入り込んでくる。

「……あぁ……ん……」

焦らすようにゆっくりと突き上げられる快感でひっきりなしに上がる嬌声はエリアスの口の中に消えた。口の中で外で舌同士が絡み合い、全身が痺れ始める。

口づけをしながら腰を動かされると、あっという間に快感の頂点まで押し上げられてしまうのだ。

エリアスも膣奥に先端を押しつけ、舌を口腔の奥まで差し入れて噛み付くようにノーラの唇を塞ぐ。

先ほどエリアスが出した白濁と愛液が混ざってシーツへと零れ落ちた。そのぬるぬるとした液体で繋がっている部分が滑り、挿入の角度が変わった。

「ああっ……んあ、あぁん……！」

意識が飛びそうなほどの強い刺激に、ノーラの背が反る。直前まで絡み合っていた舌が

離れ、唾液が顎を伝って落ちた。

「……うっ……！」

エリアスが呻き、白濁を吐き出しながら二、三度腰を動かす。しかし少し呼吸を整えただけで休む間もなく、今度はノーラを抱き起こし、反転させて後ろから再び腰を動かし始めた。

それから何度絶頂を感じた時だろうか。手足が重くて動かせないくらいの疲労を感じながらも心地良い快楽に漂い、ノーラは意識を手放した。まどろみの中で、ノーラはエリアスに囁く。

——いつものように、起きたらキスをしてね。エリアス……。

第九章

「朗報だ、ノーラ」

オスカリウス侯爵が捕縛されてから数日後。

一度王都に戻ったエリアスが、とんぼ返りでノーラのもとへ戻って来て、明るい表情で言った。

オスカリウス侯爵とダネル、そして彼らの犯罪に関わっていた人間が捕まった。侯爵は何も喋らないが、ダネルは素直に自供しているという。あの時、エリアスと取引したからだろう。

犯罪に加担した自警団の人間が一新された今も、ノーラはネノスの町の小さくて古い家に住んでいた。エリアスも数日間は一緒にそこにいたが、「気になることがあるから王都に行って来る」と言って昨日出かけていった。それなのに翌日の昼前にはノーラの家に帰って来た。乗り継いだのだろうが、それでもどれだけ馬に無理をさせたのだろうか。

勝手知ったる家とばかりに扉を開けて入って来たエリアスは、ノーラと並んでソファーに腰掛けると、両手を重ね合わせてきた。そして興奮した様子で話し出す。

「ノーラが殺したと思っていた孤児院の院長の息の根を止めたのはダネルだ。ダネルがそう証言した」

「本当に？」

にわかには信じられない。そんな都合のいいことがあるだろうか。

しかしエリアスは、間違いないと頷く。

「院長は、俺が街外れでノーラを待っていることを知っていたんだ。ダネルは、俺がノーラと街を出ようとしていたのに気づいていた。だから院長を使ってノーラを足止めしようとしたんだ」

「あの時、院長が私を襲ったのは、ダネルさんの指示だったってこと？」

「そうだ。ダネルはあいつの下心を知っていた。だからノーラを襲わせて、あわよくば俺がノーラを諦めればいいと思っていたようだ。それに、ちょうどその頃、ヒュー隊長が孤児院に行っていただろう？　違法薬物のことを嗅ぎつけられたかもしれないと思ったダネルは、事故を装い院長を秘密裏に始末するつもりだったらしい。しかし、結局俺が派手に立ち回ってしまったせいで証拠を消すために火事にするしかなかった」

「そんな……」

まさかすべてがダネルの策略だったなんて……。

「ノーラと俺を引き離すように命じたのはオスカリウス侯爵だろう。ノーラを悪く言うあの男を俺は心から憎悪していたからな。それは今でも変わらない。ノーラにしたことを考えれば、俺がこの手で息の根を止めても良かったと思っている。でも、ノーラが無事だったからもうどうでもいいことにする……」

エリアスはノーラの存在を確かめるように、頬を両手で包み込み、優しく口づけた。その後にぼそりと、

「グレンは虫の息にしたけど……」

と呟いた。けれどあまりにも小さな声だったため、ノーラの耳には届かず、きょとんと首を傾げる。しかしエリアスが、「何でもない」と言って笑ったので呟きは気にしないことにした。

自分が院長を殺したのではないと考えると、ずっと胸に抱えていたわだかまりが解けるような気がした。

ノーラはエリアスに手を伸ばす。その手が彼の頬に触れようとしたその時。

「おい、エリアス。俺たちを置いて行くな」

突然、部屋の入り口から声がした。

そちらに顔を向けると、金髪をきっちりと左右に分けた男が立っていた。エリアスの仲間の騎士団員である。

「クリス……」

今いいとこだったんだぞ、とエリアスが恨めしげに彼を睨んだ。しかしエリアスの視線をものともせず、クリスと呼ばれた彼は、背後を振り返って誰かを手招きする。

クリスの脇から部屋に入って来たのは、黒髪の女性だった。

「ノーラ！」

女性は嬉しそうに顔を輝かせてノーラに駆け寄ってくる。その真っ直ぐな黒髪と切れ長の瞳には見覚えがあった。

「ラナ？」

信じられない気持ちで彼女の名を呼ぶ。

ラナはノーラよりも後に孤児院に入って来て、ある日突然行方不明になった友人だ。数日後、彼女の遺体は河から上がった。遺体を見たわけではないけれど、騎士団の人が来て院長にそう伝えていたのだ。損傷が激しかったので、騎士団の人間が埋葬したと聞いた。

孤児院でラナと過ごした時間は楽しかった。ノーラはエリアスに依存していたが、エリアスに会えない時間、彼女に何度も励まされ助けられていた。だから、死んだと聞いた時は悲しくて仕方がなかった。彼女を少しでも身近に感じたくてこの町では彼女の名前を名乗っていたのだ。

「本当に？　本物のラナなの？」

「本物よ。ノーラに早く会いたくて来ちゃった」

震える声で尋ねると、ラナは優しい笑顔で頷いてくれた。成長して大人っぽくなったが、その笑顔は変わっていない。

ノーラはエリアスの腕から抜け出して両手を広げた。後ろから舌打ちの声が聞こえたが聞こえなかったふりをして、勢いよく彼女に抱き着いた。

柔らかく、そして温かい。強く抱き締めてくれるその力に、ラナが生きているのだと実感した。黒い髪からふわりと香った甘く優しい匂いがノーラを安心させてくれる。

まさかこんなに嬉しい再会があるとは思っていなかった。

ノーラはラナの肩口に顔を埋める。

「ラナも、アレンやサラたちのようにもう戻って来ないんだって諦めていたの。でも、遺体を発見したって聞いて、会いたいって頼んだけどかなわなくて……すごく悲しかった」

「ごめんね、ノーラ。クリスが私を守るために死んだことにしてくれたの。今の私の名前はシェリーよ」

「シェリー？　どうして行方不明になったの？　どうして死んだことになったの？　どうして今になって会いに来てくれたの？」

顔を上げてラナを見て、いくつもの質問を口にすると、彼女は美しい黒い瞳を細めた。

「……何があったか説明させてくれる？」

ノーラはその言葉に何度も頷いた。するとラナは、その前に……と腰に下げていた袋から缶を取り出した。

「紅茶を淹れてもいい？」

にっこりと微笑んで茶葉が入った缶を振るラナに、ノーラは再び何度も頷いた。

ラナの淹れてくれる紅茶は美味しいのだ。昔孤児院で、ラナはノーラにだけこっそりと紅茶を淹れてくれていた。

ノーラが急いで茶器を用意すると、ラナが手際よく人数分の紅茶を淹れた。二人掛けのソファーしかないので、ラナとクリスにそこに座ってもらい、ノーラとエリアスはクッションの上に腰を下ろし、薫り高い紅茶を啜った。

やはり美味しい。改めて、ラナが本当に生きて目の前にいるのだと実感したノーラは、嬉しくて自然と笑みが零れていた。

紅茶を飲んで落ち着いたところで、ラナは行方不明になった当時に何があったのかを説明してくれた。

「私、院長に薬を盛られたの。すぐにおかしいと気づいたわ。気分が軽くなって楽しい気分になったから、まともな薬じゃないと思った。私が不審がっていることが分かったんでしょうね。次は無理やり飲まされたわ。しかも邪な目的があって飲ませたらしくて、意識が朦朧としているところを襲われそうになったの」

淡々としたラナの言葉に、ノーラは体を震わせる。

ノーラも薬を飲まされそうになった上に襲われた。院長は他の子供たちにも同じようなことをしていたのかもしれない。

そう考えたらぞっとした。自分はエリアスのおかげで助かったが、彼の餌食になった子供がいたかもしれないのだ。

ノーラの顔から血の気が一気に引いた。すると、それに気づいたエリアスがそっと肩を抱いてくれる。それだけでふと肩の力が抜けた。頼もしい腕に身を寄せながら、ノーラはラナの話を聞く。

「襲われるのなんて死んでも嫌だったから、ベッド脇にある院長の護身用の短剣を摑んで自分の腕に刺したの。そしたら意識がはっきりして、院長を蹴り倒して逃げることができたわ。そうして孤児院を逃げ出したところをクリスが拾ってくれたの。事情を話したら、騎士団長のところに連れて行かれて……」

そこでラナは団長に、孤児院の異変と院長に薬を盛られたことを話した。すると団長は、ラナの身の安全のために彼女を死んだことにし、新しい名前と身分を与えてくれたらしい。

近年増加してきた違法薬物の事件について、騎士団ではその捜査に力を入れていたところだった。違法薬物を密輸し売り捌いている人物として、早い段階で複数の貴族の名前が出ていたが証拠は出てこない。そのため、地道にひとつひとつの薬の出所から当たるしかなかった。

ラナは孤児院の子供たちがおかしくなって姿を消すことをずっと怪訝に思っていた。院長が一人でできることではない。だから、院長の共犯であり、もしかしたら主犯かもしれないオスカリウス侯爵の屋敷に潜り込むことを志願した。自分を救ってくれたクリスと団長、そして騎士団に少しでも恩返しがしたかったのだそうだ。

そして団長が情報操作をしたことによって、ラナはあっさりとオスカリウス侯爵邸にシェリーという名の使用人として潜り込むことができた。実験体の顔なんて覚えていないし、知りもしなかったのだろう。侯爵は紅茶を淹れるのが上手なラナを気に入り、何かあるとすぐにラナを呼ぶようになった。

ラナは侯爵のお気に入りという地位を利用し、彼らの様々な会話を盗み聞いた。侯爵に張り付いていれば、裏の事業関連のことも見聞きできた。

「盗み聞きできるようになるまでに、何年もかかってしまったけどね」

そう言ってラナは笑ったけれど、神経をすり減らして長い時間を敵の屋敷の中で過ごした苦労は計り知れない。しかもきちんと結果を出したのだ。

この町に閉じ込められていたとはいえ、優しい人々に助けられて生きていたノーラとは違う。彼女を見ていると、自分がどれだけ生温い環境の中にいたのか分かって申し訳ない気持ちになると同時に、それを嘆いていた自分に嫌悪感を覚えた。

「彼女がいれば、俺なんて必要なかったよな」

ノーラの髪に顔を埋めるようにして話を聞いていたエリアスが、ぽつりと言った。どういう意味か分からずに首を傾げると、ラナが苦笑した。

「敵を騙すにはまず味方からって団長が言うから、エリアスには教えられなかったの。ごめんなさい」

ラナの言葉を聞いてノーラは、なるほど……と腕を組む。

「同じ屋敷に仲間がいたのに、そのことをエリアスは知らなかったってことね」

そう考えると、エリアスが拗ねるのも分かる。

「私がラナという人間だったって知っていたのは、クリスと団長とヒュー隊長とクラウス様だけなの」

それ以外の人間には他言無用だったらしい。それもラナを守るためなら仕方がないのだろう。

ノーラはそう思ったのだが、エリアスはぴくりと眉を上げた。

「クラウス様まで知っていたのは初耳だ」

どういうことだ？　とエリアスはラナではなくクリスを見た。すると、それまで話に混ざらずに優雅に紅茶を飲んでいたクリスが、きっちりとカップをソーサーに戻してから答えた。

「クラウス様は、新しい身分の取得と情報操作の面でいろいろと手を貸してくれたんだ」

「ああ……。そういうの得意そうだな、あの人」

エリアスは納得顔で頷いた。クラウスという名前は王都では有名だったのでノーラでも知っている。

次期宰相候補と騎士団のトップが協力してくれたのなら、ラナはこれから不自由なく生きられるだろう。それが分かってほっとした。

それから数時間、ノーラとラナは昔話に花を咲かせた。途中、エリアスが飽きてノーラの膝枕で眠ってしまったりしたが、楽しい時を過ごすことができた。

「じゃあ、ノーラ。また会いましょう」

別れ際、ラナは名残惜しげにノーラを抱き締めた。

何年も追っていた事件が解決したご褒美にヒューがクリスに休暇をくれたらしく、これから二人で各地の観光名所を回る予定なのだそうだ。外には馬車が待機していた。

少し寂しさを感じながら二人を見送り、ノーラは部屋の中へと戻る。すると突然エリアスがきつく抱き締めてきた。

「どうしたの？」

視線を上げて彼の顔を見ると、拗ねたように口を尖らせていた。

こんな顔は珍しい。本当にいったいどうしたというのだろう。

た。
「ノーラは、俺のこともいろいろと訊いてくれてもいいと思う」
もそもそとはっきりとしない口調で言ったエリアスは、甘えるように頬を擦り付けてき
どうやら彼は、ノーラがラナとばかり話していたことに対抗意識を燃やしているらしい。
「俺より彼女に興味があるみたいだった」
昔のようにノーラに近づく人間に対して怒りを向けるのではなく、不機嫌そうに拗ねて
みせるのだ。エリアスの変化に、ノーラは微笑んだ。
「そんなことないわ。私はいつでもエリアスが一番よ」
ノーラがエリアスを見つめてそう言うと、「それなら」と彼は唐突にポケットから銀の
環を取り出してノーラの腕にはめた。
そして次に、ノーラの足からエリアスの腕輪を抜き取り、自分の腕にはめる。太めの環
は、ノーラの足よりもエリアスの腕のほうがしっくりきた。
ヒューがノーラの腕輪を持っていることは知っていたので、エリアスがこれをポケット
に入れているのは不思議ではないが、まさか再び自分の腕にこの腕輪が戻ってくる日がく
るとは思わなかった。
懐かしい気持ちで腕輪を撫でていると、エリアスがノーラの両手を強く握った。
「クラウス様のはからいでオスカリウス家は家名だけ残った。でもそれだけだ。領地や事

業は何も残らない。けど、使用人や領民のことはクラウス様や団長にお願いしてある。俺は、今までどおり騎士団員としてやっていく。だから、王都で一緒に暮らそう。騎士団の給料は高くないけど、ノーラを養えるくらいはもらっているから」

とても真剣な表情だった。彼は本気でノーラを王都に連れて行こうとしている。ノーラとエリアスが生まれ育った街だ。三年前まで、一緒に過ごした懐かしい場所。

オスカリウス侯爵もダネルもトーマスも捕まり、もうノーラをこの町に閉じ込めようとする人間はいなくなった。だから今度こそ本当に、エリアスの手を摑んでもいいのかもしれない。

ノーラは、思い描くことができなくなっていた明るい未来に再び思いを巡らせる。

「これからは、二人で自由に生きられるんだ」

エリアスは嬉しそうに笑った。父親の鳥籠に囚われ、荒んでいたあの頃とは違う。彼の母がまだ生きていた頃と同じ笑顔だった。それが見られただけで、ノーラは素直に頷くことができた。

自由に生きられる。

それはなんて素敵なことだろう。

「ずっと一緒にいよう」

いつかの約束のとおりに。

あの約束から十年以上経ってしまったが、やっと果たせる時がきたのだ。

ずっと一緒にいよう。

二人一緒に逝く時まで、ずっと。

ノーラはエリアスの手を握り返し、涙でぼやける眼で懸命に彼を映しながらにっこりと笑みを浮かべる。

「うん！」

それは、あの時と同じ、屈託のない心からの返事だった。

あとがき

　こんにちは、水月青《みづきあお》と申します。この度は、『妄執の恋』を手に取っていただき、誠にありがとうございます。改稿前、ふわふわとした存在だったエリアスを担当様が『フェアリー』と仰いました。大爆笑でした。その後、エリアスを男らしく書き直しましたが、私の中では彼はずっとフェアリーのままです。担当様、いつも的確なご指導をありがとうございます。たくさんの方に助けていただいて一冊の本になっています。感謝感謝です。

　芒其之一《すすきそのいち》様、素晴らしくかっこ良くて可愛いエリアスとノーラをありがとうございます。初々しい二人がものすごく可愛くて、見ているうちに心が清らかになりました。太ももと小さい乳に胸が高鳴ります！　冊数を重ねる度にご迷惑も積み重ねている状況で、大変申し訳なく思っております。いつも優しく許してくださり、心より感謝申し上げます。

　ＫＭＭ様。心身ともに支えてくれてありがとうございます。

　最後に、この本を手に取ってくださった皆様に、厚く御礼申し上げます。

水月青

Sonya
ソーニャ文庫

この本を読んでのご意見・ご感想をお待ちしております。

◆ あて先 ◆

〒101-0051
東京都千代田区神田神保町2-4-7 久月神田ビル7階
㈱イースト・プレス　ソーニャ文庫編集部
水月青先生／芒其之一先生

妄執《もうしゅう》の恋《こい》

2014年1月6日　第1刷発行

著　者　水《み》月《づき》青《あお》
イラスト　芒《すすき》其《そ》之《の》一《いち》
装　丁　imagejack.inc
ＤＴＰ　松井和彌
編　集　安本千恵子
営　業　雨宮吉雄、明田陽子
発行人　堅田浩二
発行所　株式会社イースト・プレス
〒101-0051
東京都千代田区神田神保町2-4-7 久月神田ビル8階
TEL 03-5213-4700　　FAX 03-5213-4701
印刷所　中央精版印刷株式会社

ISBN 978-4-7816-9521-1
定価はカバーに表示してあります。